U0692254

虎穴利剑

——钱壮飞的传奇故事

张西廷 著

浙江文艺出版社
Zhejiang Literature & Art Publishing House

图书在版编目(CIP)数据

虎穴利剑:钱壮飞的传奇故事 / 张西廷著. —杭州:浙江文艺出版社,2024.1
ISBN 978-7-5339-6815-1

Ⅰ.①虎… Ⅱ.①张… Ⅲ.①革命故事—中国—当代 Ⅳ.①I247.8

中国版本图书馆CIP数据核字(2023)第226605号

责任编辑　沈路纲
责任校对　许红梅
责任印制　吴春娟
封面设计　沈路纲　吴　瑕
营销编辑　周　鑫

虎穴利剑——钱壮飞的传奇故事

张西廷　著

出版发行　浙江文艺出版社
地　　址　杭州市体育场路347号
邮　　编　310006
电　　话　0571-85176953(总编办)
　　　　　0571-85152727(市场部)
制　　版　浙江新华图文制作有限公司
印　　刷　浙江全能工艺美术印刷有限公司
开　　本　880毫米×1230毫米　1/32
字　　数　92千字
印　　张　4.5
版　　次　2024年1月第1版
印　　次　2024年1月第1次印刷
书　　号　ISBN 978-7-5339-6815-1
定　　价　19.00元

钱壮飞烈士(摄于1928年)

继承先烈遗志(钱江题)

钱壮飞烈士简介

　　钱壮飞是中国共产党的著名烈士，1896年诞生于浙江省湖州市。1926年加入中国共产党，在北京等地以挂牌医生、美术学校教师、报馆编辑等公开职业为掩护，从事党的宣传工作。他博学多才，擅长书法、绘画、文学、骑术，以及无线电技术。

　　1927年冬，因政治身份被反动当局发觉，无法存身，他从北京到上海，寻找新的职业掩护，设法重新与党组织取得联系。

　　1928年夏，钱壮飞以优异成绩考进国民党中统特务头子徐恩曾所办的上海无线电训练班，因才干出众，又是徐的湖州同乡，深受信任。当时他已与党组织接上关系，归属中央特科领导，奉命打进中统特务系统，担任徐恩曾的机要秘书，设法取得绝密电码本。

　　在蒋介石对中央苏区发动第一、二次"围剿"期间，钱壮飞曾将截获的国民党的许多重要军事情报报告给中共中央，对中央红军粉碎"围剿"做出了重大贡献。

1931 年 4 月，参加中央特科领导工作的顾顺章，在武汉被捕后叛变，出卖武汉地下党、红二军团，以及设在上海的党中央机关的全部核心机密，要求直接见蒋介石邀功请赏。钱壮飞于当晚连续收到国民党武汉绥靖公署主任何成浚发给徐恩曾的几封"十万火急"的绝密电报后，连夜设法将情报转告给上海的党中央领导机关，使敌人的阴谋彻底破产。同年 5 月，根据党的指示，钱壮飞离开上海，去中央革命根据地，先后任中革军委政治保卫局局长、红一方面军政治保卫局局长、中革军委总参谋部二局副局长。

　　1934 年 10 月，他参加红军长征。1935 年 4 月 1 日，在贵州金沙县后山乡牺牲。

钱壮飞同志牺牲已经近九十年了。为了纪念这位湖州籍的著名烈士、我们党的杰出党员，本人在参考大量回忆材料和有关文献资料的基础上，以传记故事的形式著述了这本《虎穴利剑》，以缅怀、颂扬先烈，激励、教育后人。本作品力求内容翔实，文字生动，通俗易懂，力求成为一本对广大党员干部，特别是青少年进行革命传统教育和理想纪律教育的理想教材。

钱壮飞同志的一生，是为党为人民披肝沥胆、英勇斗争的一生。为了争取新民主主义革命的胜利，钱壮飞同志和许许多多革命先辈一样，凭着对革命事业的坚定信念和耿耿忠心，无私无畏、机智勇敢地战斗在敌人心脏，为党和人民的事业做出了卓越的贡献。周恩来总理曾多次高度评价钱壮飞同志的功绩，把他誉为"龙潭三杰"之一。钱壮飞同志是咱们湖州人民的光荣和骄傲！

历史车轮滚滚向前，钱壮飞所处的时代已成昨天。今天，我们已进入一个崭新的时代，经济繁荣，国家富强，人民幸福。一切之景象，如先烈之所愿。我国社会主要矛盾已经转化为人民日益增长的美好生活需要和不平衡不充分的发展之间的矛盾，建设中国特色社会主义事业进入新阶段，我们更要以革命先烈为榜样，学习钱壮飞同志的高尚品格和献身精神，刻苦学习，掌握文化科学知识和建设社会主义大厦的本领；努力工作，为国家的富强、民主、文明，为家乡的繁荣和发展，贡献自己的聪明才智！

目　录

第一章　幼年在故乡

妻子就要生养了。

听到这一消息时，正在轮船码头收茧子的钱子如，高兴得两眼放光。他再也顾不得手中的生意，对身旁的小伙计吩咐了几句，就急匆匆地往家赶。

走过竹安巷，穿过衣裳街，约一袋烟工夫，就跨进了自己的家门：湖州府①观凤巷机塞弄的一家独门小院。

屋里静悄悄的，只看见隔壁娘姆②忙忙碌碌的身影，偶尔传出妻子范氏轻轻的呻吟声。

钱子如既兴奋又紧张，进得厅房后，坐在那把黑里透红

---

① 湖州府，今浙江省湖州市。

② 娘姆，湖州人称老奶奶为娘姆。

湖州城旧景

的太师椅上，拿起书来胡乱地翻着，一会儿又站起来，像掉了魂似的一个劲地转圈子。只要房内一有动静，他的心就怦怦地跳个不停，好像生孩子的不是妻子，而是他自己。要不是当地有规矩，妻子生孩子时丈夫不能进房，他钱子如可能早闯进去十次八次了。

这也难怪，钱家祖上世代以做小买卖为生，苦苦经营，勉强糊口，到钱子如父亲这一辈，靠经营茧子、丝绸，克勤克俭，才渐渐有了积蓄，买了几间老屋，还供钱子如读了几年诗书。钱父懂得，虽不能指望儿子读书考状元光耀门楣，但肚子里懂得点"之乎者也"，在当地小商小贩群中，毕竟是鹤立鸡群，讲话也响亮三分。

对这一点，钱子如的感受更深，并常常有心满意足之感。但有一件事却令钱子如怎么也高兴不起来，这就是人丁不旺：

钱家两代单传，而钱子如成家多年，范氏也已年届三十，眼看着抱儿子的希望是一天少一分了。

"唉，或许是命中无子，理该如此。"钱子如夫妇常常暗自叹息。

不想，在清朝光绪二十二年①，也就是范氏三十岁那一年，肚子慢慢地鼓了起来，给钱家带来了无限的希望，无限的期盼。

十月怀胎，一朝分娩。范氏马上就要生养了，钱子如如何不急、如何不喜？

"哼昂，哼昂！"忽地，从房内传出一声声清脆高昂的婴儿啼哭声。

钱子如霍地从椅子上弹起来。

"恭喜先生，恭喜先生，太太生了个小公子！"隔壁娘姆一边手脚不停地忙着，一边高兴地扯着嗓子报喜。

"菩萨保佑，祖宗积德，我钱家有后了。"钱子如欣喜若狂，已经不知道该往哪里跑了。

"钱先生，房门在这边。"隔壁娘姆见状，笑嘻嘻地说了一句。

钱子如三步并作两步跑进房内，抱起孩子左亲右亲亲个没完。

范氏像完成了一个重大任务似的，疲倦的脸上露出了欣慰的笑容。

---

① 光绪二十二年，即公元1896年。

"先生，该给孩子取个名了。"范氏轻声说。

"就叫'彬生'吧。"钱子如不假思索地说。显然，这名字在他脑海里不知已琢磨过多少遍了。

"孔夫子说'文质彬彬，然后君子'。"看见范氏略带不解的眼神，钱子如耐心地解释。

"依我看，取个名字叫'望达'，希望这孩子以后能飞黄腾达，光宗耀祖，也不枉我们一片苦心。"

"好，好。'彬生'做奶名，大名就叫'望达'吧，希望这孩子能如你所愿，以后有所成就。"钱子如虽觉这名字有点直白，但一则不愿违妻子心意，二则从自己的内心讲，又何尝不想孩子将来有出息？

孩子的名字就这样定了下来：大名"望达"，乳名"彬生"。

湖州衣裳街

春去秋来，岁月如梭。转眼间，小彬生长到六岁了。这时的小彬生不仅长得浓眉大眼、虎虎有生气，而且大胆聪明、活泼可爱，自然成了钱子如夫妇的心肝宝贝。街坊邻居也都十分疼爱他，特别是隔壁同姓的两个小姐姐，整天喜欢围着他逗着玩。而在这时，望子成龙的钱子如夫妇早已四处托人，筹划着送小彬生去上洋学堂①了。

上学的第一天，钱家老小都起得特别早，连隔壁常常因为睡懒觉而被打屁股的钱二小姐，今天也起了个大早，赶在她大姐的身后，欢天喜地地奔了过来。

正厅里，钱彬生在母亲的安排下，穿上紫绸布衫，戴上瓜皮小帽，显得光彩照人。隔壁的两个小姐姐则像两只活泼可爱的小鸟，人前人后叽叽喳喳，嬉笑声不绝于耳。

钱子如见安排妥当，遂点了一束清香，领着穿戴一新的钱彬生，朝正堂上方的祖宗牌位恭恭敬敬地拜了三拜；在缭绕的香烟中，钱子如口中念念有词，说着祈求祖宗保佑的话。然后，又换上另一束清香，朝堂前桌上一套《论语》拜了几拜，算是向孔夫子行礼。在钱子如心中，彬生虽然上的是洋学堂，可中国的儒学老祖宗仍是非拜不可的。只是彬生毕竟年幼，父亲一下还没拜完，他已是鸡啄米似的，早已拜了五六下了，逗得两个小姐姐嘻嘻地笑。

"姐姐，听说洋学堂里的先生都有一根竹鞭，专门打小孩的，是吗？"妹妹拉着姐姐的手问。

---

① 洋学堂，旧指始于近代的新式学校。

"是啊，那是考书用的。考书时先生挨个打学生的手掌，哪个学生不哭，就能得高分。"姐姐一本正经地说，"一滴眼泪也不能掉呢。"

"我一定不哭。"彬生攥紧小拳头，认真地说。他不知道，隔壁的那个姐姐是在逗妹妹玩呢。

范氏一把将彬生搂在怀里，连声说："好孩子，有出息，以后考中状元，妈妈等着享福呢。"

眼看着太阳已升起一丈多高了，钱子如整整衣衫，向范氏道了别，驮着儿子高高兴兴地出了门，很快就消失在了观凤巷的人流之中……

钱彬生没有辜负父母的期望，他学习相当认真、刻苦，考试成绩总是名列全校榜首，但他从不自满，随时注意不及别人的地方。在学校，他对老师非常尊重，与同学也相处得很好。回到家里，除温习功课外，他还常常帮助母亲以及邻居干些力所能及的事，因而常常受到大家的赞扬。

一九〇八年，钱彬生才十二岁，就以优异的成绩考入了当时声名显赫的湖州府中学堂①。在学校里，他不仅如饥似渴地学习课堂知识，取得优异的成绩，还十分注重科学实践，特别是在学习无线电知识时，他反复试验，常常废寝忘食。

节假日，他多次与小伙伴一起，或登山，或游湖，尽情地品赏祖国的大好河山。而湖州这个有着两千多年悠久历史的江南文化古城，值得凭吊、观赏的人文景观、旅游

---

① 湖州府中学堂，1912年改为浙江省立第三中学，今湖州中学。

胜地多如繁星，令钱彬生与他的小伙伴目不暇接、流连忘返……

在湖州城南，首先看到的是并肩而立的岘山、道场山。岘山脚下，是碧波荡漾的碧浪湖，而建于湖中淤滩上的浮玉塔，则能随水势的涨落而浮沉。

湖州碧浪湖旧景

在道场山的半山腰，建有一座曾被列为"江南十大名刹"的"万寿禅寺"，寺庙悠扬的钟声能传得很远很远。山巅还屹立着庄重挺拔、气势雄伟的多宝塔，不论在湖州城内还是城外，方圆几十里都可看到它俊俏的身影。从某种程度上说，它几乎成了湖州城的标志。而屹立在湖州西郊的西塞山，则与唐朝诗人张志和的《渔歌子》一起名闻天下："西塞山前白鹭飞，桃花流水鳜鱼肥。青箬笠，绿蓑衣，斜风细雨不须归。"千百年来，不知有多少人为这画一般的诗境而陶醉。

在湖州城内，有以珍藏了一尊美妙绝伦的铁观音像而闻名的铁佛寺，有以"塔里塔"著称于世的飞英塔，还有元代大书画家赵孟𫖯的别墅——莲花庄，清代大藏书家陆心源的私家花园——潜园，等等，真是数不胜数。正是在一次次的游览中，钱彬生接触到了中华民族悠久的历史文化，逐渐萌发了爱国主义精神和民族自豪感。

不过，钱彬生去得最多、印象最深的还是人称"庙里庙"的府庙以及紧贴府庙的庙前街。也正是在那里，钱彬生体会到了贫富不均、世间不平的阴暗的一面，为他以后投身革命，走上为劳苦大众谋利益的道路，奠定了思想基础。

在清朝末年，位于湖州城中心地带的府庙以及庙前街，是全城最热闹、最繁华的地方。府庙，又叫城隍庙。这是一座四合院式的群体建筑，由前后两进、左右两厢和一个戏台组成。后进面宽五间，大殿里供奉着城隍老爷。前进楼房五楹，供有其他佛像。和前进相连的，是一戏台。戏台坐南朝北，面向大殿。台前有一天井。两侧各有厢楼七楹。看戏时，厢楼是专门供富人们用的，而一般百姓就只能挤在天井里。特别是在冬天，厢楼里的老爷、阔太太以及他们的公子、小姐们，穿绸着缎，烘着火炉，品着香茗，吃着点心，边看戏边聊天，其乐无穷，而天井里的穷人们则穿着破衣烂衫，站在风口里，身子冷得直打战。更可气的是，楼上的少爷、小姐们还常常故意把苹果皮、瓜子壳之类的东西朝穷人们身上乱扔。真是楼上楼下两重天哪！

湖州府庙

　　紧贴着府庙的庙前街又是一个样子。这里是全城的商业中心。在不到两百米长的街道上有各种丝绸店、茶馆、钱庄、小吃摊，外加相面摊、算命摊、妓院，三教九流，应有尽有。每天从太阳露面，一直到繁星满天，时刻都有各种穿绸着缎的富商、阔少爷在街上大摇大摆、旁若无人地游荡，偶尔也有一两个洋牧师在这条街上悠闲地散步，而大多数穿着粗布衣衫的小商小贩，则整日畏缩在街道两旁，小心地招呼着自己的小本生意，唯恐招惹了那些阔佬。还有不少从外地流浪而来的乞丐，一个个衣衫褴褛，拎着破篮，举着破碗，沿街乞讨，那一双双哀求、无助的眼睛，让人看了真是止不住地心酸。这一幕幕活生生的现实，使钱彬生渐渐懂得：被誉为"丝绸之府、鱼米之乡"的古城湖州，既是富人的天堂，也是穷人的地狱！也正是在这种心情的影响下，钱彬生为自己一连取了"壮秋""潮"两个名字。不久，又取了个后来令国民党反动派恨得要死、怕得要命的名字——钱壮飞。

钱壮飞的幼年时代，同时也是我们中华民族的多事之秋。清末的中日甲午战争、八国联军攻占北京……我们的国家遭受着连年不断的战祸。美、英、法、俄等帝国主义凭借其强大的军事力量，不仅一步一步蚕食了中国的大片领土，还攫取了中国政治、经济的特权，控制和垄断了中国的市场，使中国的民族工业受到了空前的打击。特别是江浙一带的缫丝、绸缎业，亏损的亏损，破产的破产，已经到了全面崩溃的境地。一九一一年，尽管孙中山领导的辛亥革命取得了胜利，使中国人民看到了一线希望（湖州一带的民众还多次举行集会，欢庆我们的国家终于站立起来，老百姓也可以过几年安稳日子了），但不承想，辛亥革命的果实很快为袁世凯所篡夺。这个靠卖身求荣、投机钻营起家的袁大头上台后，对内镇压人民，对外屈膝求和，中华民族仍未摆脱深重的灾难。

古人说得好："覆巢之下，安有完卵。"在国家屡遭屈辱、民族工业几经挫折的情况下，钱家的丝绸买卖也连遭失败，又加上杭嘉湖一带接连几年灾荒，日子是一天比一天难过了。就在钱壮飞未满十七岁、中学还没毕业的时候，钱子如在忧悒中离开了人世。

父亲去世后，家庭的重担理所当然地落到了钱壮飞的身上，可钱壮飞毕竟只是个未满十七岁的孩子，孤儿寡母，以后的日子怎么过啊？

钱壮飞的母亲范氏聪明又要强，凭她几十年的生活经验，此时非常担心邻居和族人会趁机侵吞母子俩赖以生存的家产，欺凌尚未成家的孤儿。在料理完丧事后，她就匆匆地托人介绍，张罗着为儿子完婚。

对这桩匆匆促成的婚事，钱壮飞虽竭力反对，但迫于"父母之命，媒妁之言"的古训，在母亲哀求的眼神和苦口婆心的劝说下，终于带着复杂的心情进了洞房。

新娘是湖州城内"永丰布店"老板之女，姓徐，名双英。徐双英虽然与钱壮飞一起生活的时间不长，没有太深的感情，可她生性敦厚，嫁到钱家后始终能安贫守困，勤俭度日，对婆婆也极尽孝心，即使在钱壮飞离开家乡，投身革命，甚至壮烈牺牲后，她一直都跟随着婆婆，从未离开钱家。新中国成立后，根据周恩来总理的意见，她迁居上海，安度晚年。当然，这是后话。

接下来的事实证明，范氏的疑虑和担心是有道理的。钱子如去世不久，尽管钱壮飞娶了妻、成了家，但钱庄里的老板、丝绸行里的管家，都一一上门，催讨钱子如生前做生意欠下的款项。还有钱家的族人，此时也落井下石，趁机想分得一些财产。几天下来，这些人巧取豪夺，值钱的东西能搬走的都搬走了，有的还公开叫嚷着要拆房抵债，闹得钱家日夜不安。

　　"这个地方是没法待了。"一天深夜，钱母范氏轻轻地叫醒钱壮飞，满脸忧虑地说，"还是先到北京你玄同叔叔那里去避一避吧。他是有学问的人，我想他会帮助你的。"钱母抖索着手，从床底下摸出一只蓝布包裹，"这二十块光洋你都带去，路上饮食、衣着要自己小心。"

　　"妈，在这个时候我怎么能离开你们呢？"尽管到外面去，到北京去，是钱壮飞多年来的愿望，可此时此刻面对着泪眼婆娑的母亲，他怎么能忍心走呢？

　　"你放心地去吧，家里还有我与双英呢。别忘了，到北京后，早点捎个信来。"

　　"妈！"钱壮飞双膝跪倒在母亲面前，禁不住泪水纵横。

　　几天以后，钱壮飞登上了北去的轮船，在汽笛的长鸣声中，辞别了亲人，告别了生活十八年的故乡。

第二章 走上革命路

北京城内有一座虽不起眼却很别致的建筑物。从远处看，这是一座典型的北京四合院，砖垒瓦砌，气势粗犷，与四周的其他建筑没有什么两样，但从细里看，这座建筑物雕梁画栋，飞檐斗拱，特别是抬梁、门窗等处所刻的"西游记""八仙过海"中的故事人物，以及各种奇花、瑞兽等，刻工精细，自然流畅，且多以木头本色为主，不像其他建筑物涂得大红大绿，不留一丝空隙。是故，与四周相比，此处显得清丽高雅、超凡脱俗。这就是当时旅京湖州人的"家"——湖州公馆。

湖州公馆建于清朝鼎盛时期，是在京的湖州籍商贾要人为解决旅京同乡的住宿问题而建的旅店，也是湖州籍商人商讨要事的会场。钱壮飞辗转千里到达北京，开始就住在这里，并得到湖州籍前辈乡亲的热情款待。

不久，钱壮飞专门拜会了族叔钱玄同，在钱玄同的帮助下，考上了国立北京医科专门学校。

钱玄同，原名夏，字中季，吴兴①人，是中国著名的语言文字学家。早年留学于日本早稻田大学文学系，并在日本加入了中国同盟会。又曾师从章太炎，潜心学习文字学，研究音韵、训诂。学成后，曾在浙江海宁中学、嘉兴中学、湖州中学任教。辛亥革命后，任浙江教育总署教育司视学。一九一三年，到北京高等师范学校附中任教。不久，任"高师"国文系教授。一九一五年，兼任北京大学中文系教授。一九一七年，钱玄同在《新青年》杂志上撰文，倡导白话文和文学革命。一九一九年，任北京政府教育部国语统一筹备会常驻干事。一九二八年，任国语统一筹备常务委员会委员。一九三二年，与黎锦熙共任《中国大辞典》总编纂。一九三一年九一八事变后，钱玄同坚持爱国抗日立场，并与北平②各大学教授共同发表宣言，反对国民党的卖国投降政策，一九三七年卢沟桥事变后，北平沦陷，钱玄同因病留在北平，坚持民族气节，不与敌伪同流合污。一九三九年一月病逝。生前著有《文字学音篇》《说文部首今语解》《中国文字形体变迁新论》等。

钱壮飞在北京读书期间，钱玄同正在北京大学任教。他

---

① 吴兴，今浙江省湖州市。

② 北平，今北京市。

虽比钱壮飞长了一辈，又是知名人士，但年纪却只比钱壮飞大了九岁，兼之他脾气和顺，平时总是笑眯眯的，所以钱壮飞课余时间总喜欢往他那儿跑。

一天，钱壮飞腋下夹着一部医书，又叩响了钱玄同的家门。

"啊，是彬生，快进来，快进来。"钱玄同一见是钱壮飞来了，朝他眨了眨眼，满脸笑容地说。

钱壮飞像回到自己家一样，也不客气，拔腿就往里走，刚进门，就听见里屋传出一阵阵激烈的争吵声，好像争吵者都已大动肝火，到了无法调解的地步；忽而，声音又低了下来，似乎在商量着什么秘事。不用介绍，钱壮飞已经知道，一定是北大的陈独秀与胡适两位教授大驾光临了。

钱壮飞跟在钱玄同身后，三步并作两步进了里屋。果然，只见两位教授踞桌而坐，正在为时局问题争得面红耳赤，连钱玄同、钱壮飞依次在他们身旁坐下，也无暇看一眼。

原来，钱玄同与陈独秀、胡适既是同事，又是好友，而且三人又都相当健谈。俗话说，三个女人一台戏，其实，他们三个男人凑在一块，又岂止是一台戏！当时，他们常常为学术、国事问题从学校争到街上，又从街上争到家里，但一直谁也驳不倒谁。而争论问题的理想场所自然是钱玄同家。在这里，他们可以毫无顾虑地争论，并常常一谈就是几个小时。因为钱夫人贤淑温和，不仅对他们的大吵大闹从不抱怨，还每每热情地为他们斟茶倒水。渐渐地，到钱玄同家听他们的争论，成了钱壮飞课余的一项重要活动内容。也正是在那里，他深刻地感受到了那时中国思想界正在经历着的一场巨大变革，从而使他的思想发生了较大的变化。

在北京医专整整五年的学习生活中，钱壮飞靠母亲不时地变卖家产首饰，寄些钱来，勉强维持生活，几次因缴不起学费而陷入辍学的危机，幸得同班女同学张振华的资助，才得以修完学业，而钱壮飞那广博的知识、非凡的才能以及正直的品性也深深地打动了这位出身于安徽桐城名门望族的大家闺秀的心。两人在长达四年多的交往中，相濡以沫，建立了真挚的感情，缔结了秦晋之好。

一九一九年，钱壮飞医专毕业。同年得子，取名钱江。就是这位钱江，后来在党的哺育下，成为新中国第一代优秀的电影摄影艺术家、导演。由他拍摄的故事片《中华儿女》，作为新中国第一部故事片，参加在捷克斯洛伐克举行的第五届卡罗维发利国际电影节时获"自由斗争奖"；《白毛女》在第六届卡罗维发利国际电影节上获"特别荣誉奖"，一九五五年又获文化部优秀影片一等奖。一九五六年，他拍摄了我国第一部彩色故事片——《祝福》，该片获卡罗维发利国际电影节"评委会特别奖"及墨西哥电影周"银帽奖"。他还导演、拍摄了《林家铺子》《革命家庭》《洪湖赤卫队》《海霞》《大河奔流》《报童》《金陵之夜》及大型歌舞史诗《东方红》等一系列作品。一九七八年以后，钱江连续当选第五、六、七届全国政协委员，并任中国电影家协会荣誉理事、北京电影制片厂导演。

钱壮飞从北京医科专门学校毕业后，在北京长兴街挂牌行医，妻子张振华也很快在天坛传染病医院找到了工作。但是由于收入微薄，很难维持生活，钱壮飞不得不一边行医，一边在国立美术学校兼课，晚上还要到一家小报馆当编辑。由于对文艺的爱好，他还和一个叫徐光华的人在护国寺附近的锡拉胡同办了一个"光华电影公司"，拍摄过一部叫《燕山侠隐》的影片。在这部影片中，钱壮飞全家都充当了演员。

钱壮飞参与演出的电影海报

二十世纪二十年代，正值中国革命风起云涌时期。一九二〇年至一九二一年，全国许多城市成立了共产党早期组织。一九二一年七月，中国共产党宣布成立，开辟了中国革命的新纪元。一九二三年六月，中共三大决定采取共产党员以个人身份加入国民党的方式实现国共合作。一九二四年一月，孙中山召开国民党第一次全国代表大会，确定了"联俄、联共、扶助农工"的三大政策，大会以国共两党的合作为标志，宣告了革命统一战线的建立。

生活的煎熬和民主思潮的影响，特别是结识李大钊，接触到马克思主义以后，钱壮飞的思想起了质的变化，他越来越深刻地认识到，中国人民要彻底解放，只有以马克思主义为指导，走俄国革命的道路，发动广大工农群众，才能彻底砸烂旧世界，推翻剥削阶级的黑暗统治，建立由人民当家做主的国家。

这期间，他与在中法大学读书的中共党员、张振华之弟张暹中接触频繁，从他那里逐步了解到中国共产党的奋斗目标、组织原则和党的纪律，并多次申请要求加入中国共产党，因为从中国共产党的身上，他看到了中国的前途，看到了中华民族的希望。

一九二六年的一个傍晚，张暹中披着一身金色的霞光，健步来到钱壮飞家。

"老二，快吃水饺。"张振华端上一碗水饺，递给弟弟，又盛上三小碗，分别端给钱江姐弟三人。

张暹中了解钱壮飞家的底细，知道他们平时一天三餐只吃棒子面和疙瘩汤，今日吃上一顿水饺，也不知是小外甥吵上多少次的"成果"。

他朝锅里看了一眼，果然见水饺已不多了，就顺手夹回半碗，边吃边笑着说："姐，我可真有吃福啊，你们一烧好吃的，我就赶来了。"

"看你到北京这些年，别的没长进，耍贫嘴倒学好了。"张振华手脚不停地料理着家务，嘴里回敬着这位从小就令全家人疼不尽、爱不够的弟弟。

"说正经的，今晚我与姐夫有些要事商量，外面的药摊子还要老姐您看着点。"

张暹中待姐姐收拾好碗筷，边说边朝钱壮飞使了个眼色，撩起内室的布帘，两人先后进入。

张振华心领神会，闩上门后端把椅子坐在窗前，"专心致志"地看起医书来。

张暹中关上后窗，拉上布帘，转身从西装的左胸口袋里掏出一面鲜红的旗帜，并利索地展开来贴在墙上，旗帜上镶着的镰刀、锤头，闪烁着金色的光辉。

"啊，党旗。这就是中国共产党的光辉旗帜啊！"

钱壮飞面对神圣的旗帜，禁不住热血沸腾、心潮澎湃。

"钱壮飞同志，根据你的申请和平时的表现，经党组织考察，批准你加入中国共产党。"张暹中满怀激情而又严肃地说，"现在，让我们向党宣誓。"

"我自愿加入中国共产党，遵守党的纪律，严守党的秘密，执行党的纲领……愿为共产主义奋斗终身。永不叛党。"

钱壮飞举起拳头，庄严宣誓。

从此以后，钱壮飞在党的领导下，走上了为劳动人民翻身解放、为共产主义事业而奋斗的光辉道路。

不久，钱壮飞的夫人张振华也光荣地加入了中国共产党。他们以医生职业为掩护，常常提着装有党的秘密文件的红十字皮包，出入于党的秘密机关和革命家庭，还时常到北海公园等处散发传单，或利用夜色为掩护，将传单塞进商号、店铺、住户的门缝、板壁里，为反对北洋军阀的反动统治，宣传我党反帝反封建的民主革命纲领做出了积极的贡献。

第三章 南撤赴上海

　　一九二七年，在中国共产党和广大工农群众鼎力支持下的北伐战争取得了重大胜利。北伐军一路势如破竹，先后攻占了长沙、武汉、九江、南昌、杭州等地。三月二十一日，上海工人在周恩来、罗亦农、赵世炎等的领导下，发动第三次武装起义，占领了上海这个东方第一大城市。不久，北伐军不费一枪一弹顺利进入上海。但是，正是在北伐战争胜利进军和工农运动蓬勃发展的形势下，身为北伐军总司令的蒋介石，其反革命的真实面目也越来越暴露。三月二十六日，蒋介石到达上海后，立即和帝国主义、买办资产阶级勾结起来，策划反革命政变。

　　四月十二日凌晨，蒋介石指使一批流氓、恶棍冒充工人，袭击工人纠察队，然后又借口"工人内讧"，派军队缴了工人纠察队的武器。

次日，上海工人和人民群众发动了总罢工和游行请愿，表示抗议。当群众经过宝山路时，遭到蒋介石蓄谋已久的大屠杀，当场牺牲百余人，伤者无数，血流遍地。同时，蒋介石下令取消总工会，查封了一些革命团体，开始大批屠杀工人领袖和革命群众。这就是震惊中外的四一二反革命政变。

与上海相呼应，蒋介石的党徒在广州、南京、无锡、宁波、杭州、福州、厦门等地，也大批屠杀共产党人和革命群众。在短短的时间内，不知有多少党的优秀儿女倒在国民党反动派的屠刀之下，神州大地笼罩在腥风血雨之中。

四月的北京，仍是春寒料峭，刺骨的寒风带着一种烦躁不安的神情，在大街上横冲直撞，有时还不过瘾，又呼呼地窜进一条条曲里拐弯的胡同，转来转去没个完。

在一条长胡同的深处，有个进步人士办了一所美术专科学校，而在这所学校念书的，又都是些思想激进的热血青年。

四月底的一天，这所学校的大门虚掩着，在不到二十五平方米的教室里，挂着中国共产党的创始人之一——李大钊先生的遗像，遗像四周缀满了一朵朵洁白的纸花。讲台前站着的年轻教师，三十一二岁年纪，两道高高挑起的浓眉之下一双虎眼炯炯有神；他的下颌棱角分明，线条粗犷，充满着力量和自信。他不是别人，正是钱壮飞。

眼下，钱壮飞和同学们正沉浸在巨大的悲痛之中。

原来，在蒋介石发动四一二反革命政变的同时，北京的军阀张作霖也大肆捕杀中国共产党人和革命群众。

一九二七年四月二十八日，李大钊等二十人在北京被反动政权活活绞杀。

"笃，笃笃。"

突然，教室门外响起了三记有节奏的敲门声。

钱壮飞向同学们做了个手势，示意大家将东西收起来，然后迅速拉开门。

"壮飞，老胡找你。"敲门的是钱夫人张振华。

顺着张振华的目光看去，只见空荡荡的院子里，一个身材魁梧、满脸络腮胡子、穿着破旧棉袄的车夫正站在一辆马车旁，焦急地向教室方向张望。

钱壮飞向外看了一眼，心里早已明白，马上抽回身，迅速地整理好教案，抱歉地告诉同学们：因家中有事，只好先走了。

几分钟内，钱壮飞和张振华依次上了车。

"赶快撤离，反动军阀正四处通缉你。"

车夫压低声音，悄悄地说了几句话，一偏身上了车，提了提马缰，一溜烟出了校门。

这车夫是谁呢？原来是中共地下党员胡北风。

胡北风，又名胡底，安徽舒城人。在中国大学读书时就积极参加爱国学生运动，一九二五年加入中国共产党。钱壮飞是经中国大学浙江籍进步学生吴鹿鸣介绍，与其在安徽会馆认识的。胡北风喜爱音乐，擅长表演，且十分健谈，所以两人认识后，志趣相投，结下了不解之缘。胡北风在大学毕业后，一度还住在钱壮飞家里，并与钱壮飞一起，在"光华电影公司"当演员，从事革命宣传工作。

　　眼下，李大钊被捕牺牲，北方地区党组织遭到严重破坏，钱壮飞等中共党员又遭北洋政府通缉，形势十分危急，作为中共地下交通员的胡北风，正担负着掩护钱壮飞等人撤离北京的重要任务。

　　马车飞快地向火车站驶去。

　　钱壮飞不时地撩起窗帘的一角，朝外观察。但见街上行人稀少，家家户户大门紧闭，只有一队队荷枪实弹的士兵耀武扬威地从大街上走过。

　　"吁——"

　　在火车站附近，胡北风机敏地发现，前面路口已立了哨卡，几个士兵正在粗暴地检查来往行人和车辆。

　　掉头显然已来不及了。他笼住马头，伸出手轻轻地拍了拍身后的马车顶，通知钱壮飞：有情况！

　　"干什么的，快下来！"几个士兵围了上来。

　　胡北风不慌不忙地下了马车，满脸堆笑："老总，我们有急事，往城南去。"

　　"统统要检查！"一个士兵拉开了车门，"下来！"

　　钱壮飞不耐烦地从窗口伸出头，朝士兵狠狠地瞪了一眼，带着恼怒的口吻，软中带硬地说："你们王局长太太得了急病，让我马上去。"

　　"怎么回事？"这时，一个小头目模样的人走了过来，那些士兵急忙敬礼。

　　小头目正待说话，只见钱壮飞两指夹着一张名片从窗口递出来。那人接过一看，马上换了一副嘴脸，献媚地说："你就是王局长请的大夫呀，打扰，请！"

"驾！"胡北风一甩响鞭，马车就"嘚嘚"地跑了起来。

穿过一条小巷，前面就是北京火车站。

胡北风把马车停在一偏僻处，让钱壮飞下来，把一笔钱和火车票递给他，轻声道："赶快到上海去。"

钱壮飞正要说话，忽见两个醉汉歪歪斜斜地朝这边走来，就马上接过东西，装着付车钱的模样。

等人走远，钱壮飞轻声问："与谁联系？"

"我也去上海，下个月起逢周五晚上六点在上海外滩公园见面。"

钱壮飞紧紧地握住胡北风的手，百感交集，久久说不出一句话。

半晌，他转过身，深情地凝视着妻子。

"你放心地去吧。"钱壮飞刚要开口，张振华打断了他，但刚说了半句，就觉眼睛一热，泪水哗哗地往下流……

钱壮飞缓缓地转过身，从容地向火车站走去。一路上，他望着如临大敌的敌兵，嘴角露出了蔑视、嘲弄的微笑。

第四章 寻找党组织

一九二八年初。

上海，外滩公园。

每逢周五的傍晚时节，一个身着西装、头戴礼帽的年轻人总是早早地来到黄浦江边，沿着黄浦江南岸，从这头走到那头，又从那头走到这头。有时，他独自一人坐在黄浦公园里，望着细波如鳞的湖水、飘柔如缎的柳丝，呆呆地出神。不知情的人还以为这是上海滩某个游手好闲的白相人，而我们心里却明白得很：此人就是钱壮飞。

按照中共地下交通员胡北风临别时的约定，钱壮飞从北京南撤到上海后，每逢周五傍晚都按时去外滩公园接头。但钱壮飞等啊，等啊，一连等了几个月，胡北风却始终没露面。而当时，上海的局势十分混乱，中共党组织全部转入地下，钱壮飞除了等胡北风来上海外，已是别无他途了。这种情况，多让人揪心啊。

不久，张振华携一家老小也辗转到了上海，她带来的消息更令人不安；胡北风在北京失踪已几个月了，很可能已被北洋政府逮捕，甚至杀害。

为了生活，钱壮飞只好一边找工作，一边设法找党的关系。这期间，钱壮飞曾在上海市公用局替人写过黄包车后面的牌照，也曾经替亲戚家开的花边厂设计过花边图案。

一九二八年夏天，冯玉祥部队在上海招收军医，钱壮飞前去投考，鉴于他在医术方面的造诣，招兵处一口答应：到任后每月给八十块银元的薪饷，并分发一笔安家费。但钱壮飞偕夫人到部队后，冯玉祥正积极追随蒋介石的反共政策，在部队大搞"清共"。面对残酷的白色恐怖，钱壮飞夫妇趁自己政治身份尚未暴露，毅然离开了这个是非之地，最后在上海法租界甘司东路西爱威斯路（今永嘉路）新顺里四号定居了下来。

也真是天无绝人之路。就在钱壮飞回到上海后没几天，忽然从报上看到一则国民政府建设委员会无线电管理处上海营业处招收无线电训练班学员的广告，钱壮飞怀着试试看的心情，也去报考，没想到凭着在浙江省立第三中学所学的功底，居然考了个第一名。

国民政府建设委员会无线电管理处上海营业处当时的主任姓徐，名恩曾，字可均，吴兴双林人。他早年毕业于南洋大学，后留学美国，学习电机工程。四一二反革命政变后，徐恩曾因善于投机钻营，又是蒋介石的同乡，深得其信任，几年之间就扶摇直上，身居要职。

钱壮飞到电报局后，由于其多才多艺、机敏练达，徐恩曾对他极为赏识，又加上同乡关系，更被视为心腹，不久就被破格提升为局长秘书。

工作问题解决后，生活上虽然安定了，但钱壮飞心中依然十分苦闷，一次又一次，钱壮飞的身影出现在外滩公园，悄悄地扫视着来来往往的行人，但一年过去了，仍没有与党组织接上关系。

胡北风，你上哪里去了？党啊，您又在哪里？

一九二九年四月，江南一带正是桃花堆红、杨柳吐绿的时节，被誉为"人间天堂"的浙江杭州到处扎彩楼、挂彩灯，红红绿绿，被打扮得像将要上轿出嫁的新娘子；本来就热闹非凡的西子湖畔忽然间轿车济济、冠盖如云，国民党要员、中外宾客、各界名流前拥后挤，纷纷而来。原来，一个盛大的国际博览会——西湖博览会在杭州揭幕了。

负责筹办西湖博览会的是国民党中央党部秘书长兼国民党建设委员会主任陈立夫。陈立夫也是浙江湖州人，而徐恩曾则是他的嫡亲表弟。因此，当陈立夫接受筹办西湖博览会的任务后，随即就把这个美差交给了徐恩曾。

谁知，这件令人羡慕得眼红的美差却着实使徐恩曾犯了难。徐恩曾虽然出过洋，留过学，平时打扮得仪表堂堂，但毕竟是一个纨绔子弟，喝酒、打牌、钓鱼、玩女人，样样精通，可要搞什么博览会，却是实心的吹火筒——一窍不通。

杭州西湖博览会旧照

徐恩曾自然知道自己那几两本事。接下来，万一做不好，可不是闹着玩的；不接吧，眼看到嘴的肥肉，不吃下去心里实在馋得慌。也是"福至心灵"，徐恩曾在盘算了老半天后，忽然灵机一动，爽快地将此事大包大揽了下来，而他一转身就把这一重任交给钱壮飞一手操办。为了便于开展工作，还特意为钱壮飞挂上了浙江省建设厅秘书的头衔。

为了获得徐恩曾更大的信任，钱壮飞工作勤勤恳恳、任劳任怨，有时甚至通宵加班，更兼他懂美术、善交际，因此，整个博览会布置得十分出色。西湖博览会开幕后，深得中外人士的赞赏，连奥国皇太子、国民政府财政部部长孔祥熙等人看后也赞不绝口。

"嘟，嘟嘟。"早上八时左右，几辆豪华轿车径直开到展览厅大门前停下。

一个油光锃亮的头先从车窗内伸出来，朝左右看了看，又缩了回去。

车门打开，此人猫着腰，狗熊似的钻出车来。

原来是徐恩曾。

随着徐恩曾下车的是一位中等身材、清瘦精干的中年人，头戴礼帽，手拎文明棍，显得威严气派。

钱壮飞一见，疾步上前。

"这位是中央党部秘书长陈立夫，陈先生。"徐恩曾一副踌躇自得、自命不凡的神态，叫人看了直恶心。

钱壮飞故作惊喜，赶上前几步："久仰，久仰。"

徐恩曾也向陈立夫介绍："这位就是钱壮飞，我们湖州老乡。"

"好，好。"陈立夫随口应着。

三人缓缓步入展览厅，但见满屋的奇珍异宝熠熠生辉，令人眼花缭乱。

突然，陈立夫停下脚步，专心欣赏起大厅上挂着的一幅国画来。这是一幅荷花图，画面上枯枝败叶，一片肃杀气象，唯独一枝白荷亭亭玉立，晶莹照人。

徐恩曾见状，按捺不住得意之情："这幅《白荷出水图》就是钱先生画的。"

"出污泥而一尘不染。不凡，不凡。"陈立夫本是丹青妙手、书坛名家，历来眼界颇高，但见了钱壮飞的画作，不由得暗暗赞赏。又见钱壮飞神韵飘逸、英气勃勃，禁不住生出怜才之心来。

看完展览，钱壮飞彬彬有礼地邀他们到楼上客厅休息。

待侍者送上茶点后，钱壮飞即告辞退出。

陈立夫悠闲地品着香茗，见四周无人，悄悄地告诉徐恩曾："这两天在上海抓了很多共产党的大人物，差一点连共产党的头目周恩来也抓住了。"

"哦?"徐恩曾脖子伸得老长，显得饶有兴趣的样子。这几天由于忙于应付博览会，徐恩曾几乎没离开过杭州城，对国民党上层的机密自然就知道得很少。

"我早就说过，共产党里同样也有软骨头嘛。那个白鑫，还是他们所谓的军委秘书，别看他开头什么也不招，可一听要枪毙，还不是什么都招了!"说罢，陈立夫不屑一顾地摆了摆头。

门外，钱壮飞装着不经意的样子，一直在偷听。当听到军委秘书白鑫叛变时，不禁大吃一惊，心想："一定要尽快找到党组织，把这个重要情报送出去，除掉叛徒，保卫周恩来，保卫党中央。"

钱壮飞回到家后，剑眉紧锁，一声不吭。独自一人闷坐了半晌，然后从桌上顺手拉过一张白纸，笔走龙蛇：

> 壮别天涯未许愁，
> 尽将离恨付东流。
> 何当痛饮黄龙府，
> 高筑神州风雨楼。

写毕，纹丝不动地站着，呆呆地出神。

张振华深知丈夫此时的心情，决定自己先回上海："明天我就去上海，兴许能和胡北风接上头呢。"

一九二九年九月，西湖博览会圆满结束。当钱壮飞匆匆赶回上海时，张振华却告诉他，仍不见胡北风的踪影。

次日，钱壮飞乘车到徐府拜访。当他打开两只沉甸甸的皮箱时，徐恩曾禁不住眉开眼笑，箱中堆满了金砖、美钞、珍珠、首饰。箱盖一开，满室生辉。

"局座，这些都是博览会上一些公司、商店送的礼品。"钱壮飞从箱子里拿出账本，"这是礼品清单，请您过目。"

"不必，不必，钱先生办事一清二白，我徐某一向是钦佩的。"徐恩曾摆摆手，示意钱壮飞坐下，可钱壮飞还未入座，徐恩曾忽然从箱子里抓起一把美钞、首饰，拉着钱壮飞就往外跑："走，找个好地方玩玩去。"

钱壮飞知道，徐恩曾一定又是想到外面找他的姘妇们鬼混去了。

"哪里去？刚回来又出去了。还要不要这个家？"徐恩曾新娶的夫人王素卿双眉倒竖，不知何时已从内房出来，两手撑住门框，尖嗓子震得人两耳发痛。

"啊，还拿去这么多东西，又准备给哪个臭婊子送去？"新夫人一见徐恩曾手中尚未藏好的首饰、美钞，怒火更盛，恶虎下山似的扑过来，伸手便夺。

"太太，好太太，你听我说，那边还有两整箱呢。你快去看看，都归你了。"

新夫人回头一看，顿时转怒为喜，两只手插进箱底，大把大把地抓起各种金银珠宝，恨不得一口便全部吞下去。

"还不谢谢这位财神菩萨，是钱先生亲自从杭州带来的。"徐恩曾见状，搭讪着说。一来是向钱壮飞表示谢意，二来也是为自己的面子考虑。

谁知，新夫人却不买他的账，见钱眼开，也顾不得谢谁，更不管什么丈夫、婊子了。

人们不禁要问，长得细皮白肉、仪表堂堂的徐恩曾怎么会讨了这么个凶神恶煞般的女人当老婆呢？这也许就是所谓的报应吧。徐恩曾在不到二十岁的时候，就与家乡的一位女子拜了天地结了婚。他的原配夫人既聪明又本分，是一个难得的贤惠妻子。无奈，徐恩曾浪荡成性，对妻子不理不睬，常常到外面去鬼混。特别是当了官以后，更是大模大样地嫖妓女、轧姘头，干脆不回家里住了，或是回家也不进妻子的房门了。

不知从什么时候起，徐恩曾认识了一位来自东北的朋友。一九二九年，这位朋友赴英国留学时把妻子王素卿托付给徐恩曾照顾。谁知，朋友刚出国，徐恩曾就把他的妻子哄到家里，一来二去，两人勾搭成奸，并在一家大酒店举行了隆重的婚礼。对这件事，当时就有人在私下里当作笑料来传，说徐恩曾照顾朋友之妻，照顾来照顾去，结果却"照顾"到自己的床上去了。而这个王素卿，虽然长得丰硕健壮，脸蛋白白净净，看上去颇有几分姿色，实际上却是个"绣花枕头"。她不仅贪财好货，而且性格浮躁，动不动就暴跳如雷，又是砸东西又是骂人，连徐恩曾这个混世魔王也常常被弄得哭笑不得。

这一切，自然都瞒不过机智过人的钱壮飞。

"局座，您真是艳福不浅啊。"钱壮飞压低声音调侃地说。

徐恩曾苦笑着对钱壮飞摇了摇头，拉着钱壮飞悄悄地出了大门。

舞厅里，歌舞正兴，红男绿女，人影幢幢。软绵绵的音乐声中，一对对，一双双，你紧紧地抱着我，我死死地搂着你，旋过来又旋过去。

人群中，徐恩曾搂着一个头戴透明白纱巾、身穿火红曳地长裙的妖艳女子，翩翩起舞，如痴如醉。

这个女人又是谁呢？她就是上海有名的交际花，徐恩曾数不胜数的姘妇中的一个，名叫王丽娜。开始时，徐恩曾只是与她的姐姐胡弄，后来做姐姐的生病了，徐恩曾又把注意力转到更年轻、更风骚的妹妹身上。而这个妹妹也不是好货色，几个媚眼，两人就缠到了一块。

"砰！""砰！"

突然，大街上传来几声清脆的枪声，舞厅里的男男女女顿时像炸了窝的野蜂，或东躲西藏，或尖声哭叫，把刚才"谦谦君子""窈窕淑女"的风度一下子抛到九霄云外去了。

纷乱中，徐恩曾赶紧拉着王丽娜离开人群，拎起舞厅服务台上的电话：

"什么，姓白的给打死了？"

打完电话，徐恩曾再也顾不得怀里吓得发抖的王丽娜，急匆匆地奔出了舞厅。

"干得好，一定是我们的'打狗队'干的。"

在徐恩曾、王丽娜他们神魂颠倒地跳舞时，钱壮飞一直拎着照相机，充当业余摄影师，当听到枪声，特别是听到徐恩曾说"姓白的"时，心中顿时雪亮。只见他双眉一扬，随即退出。

"打狗队"是中共地下组织在白色恐怖时期专门惩办叛徒、内奸的一支特别武装，常常神出鬼没地袭击敌人，使国民党反动派，特别是党的队伍中出现的叛徒、内奸闻风丧胆，坐立不安。这次惩办叛徒白鑫的，正是这支"打狗队"。

第五章　茶楼会"娘舅"

一九二九年八月二十九日，也就是农历七月廿五日，上海龙华寺人山人海，香火鼎盛。去龙华寺的大街上，也是车水马龙，万头攒动——一年一度的龙华庙会开始了。

那些善男信女，有的沿街三步一跪，五步一拜，额角已磕出了一个大红蛋，还全然不顾；有的手持佛珠，双眼微闭，在佛像前默默祷告。但更多的人感兴趣的却不在神佛，而是那些临时摆起的众多货摊饭铺，采买些东西，弄点小吃，凑凑热闹。

庙会上哪里最热闹呢？

若论上海的庙会，最热闹处，自然便是唱戏的地方了。

我们中国的贫苦百姓，年年月月，世世代代，生活中少的是欢乐，多的是困苦、磨难，平时哪里有娱乐的机会！而当地的官僚富豪，以及他们的太太、公子、小姐，有闲有钱，更不愿放弃这种凑热闹的机会。于是，每年庙会各路戏班就似百川归海、百鸟朝凤般聚到庙会上来，笙竹管弦，吹拉弹唱，煞是热闹，引得众多观众如痴如醉，乐而忘返。

拥挤不堪的人群中，徐恩曾扶着徐老太太随波逐流，缓缓地向龙华寺挤去。他们身后，钱壮飞肩挎照相机，不时地与徐老太太说些逗人开心的话。

徐恩曾之所以到这里来，主要是因为徐老太太笃信佛教，非要他一块来不可。当然，实际上徐恩曾自己也有心病，虽然他内有明妻，外有暗妾，可年过四十，仍无子嗣，心里焦急可想而知，既然母亲要自己陪着去拜佛求子，不妨也带些香烛，半推半就着来了。本来，他想开着汽车来，但徐老太太以心诚则灵为由，执意要徒步而来，徐恩曾不愿违背母亲意愿，也就陪着来了。而徐恩曾出门前，竟不忘挂个电话，把钱壮飞也给拉了来。

徐恩曾明白，钱壮飞深得徐老太太欢喜，只要有他在场，有说有笑，徐老太太心情好，他徐恩曾也少受些责备。

到了龙华寺，徐老太太供上香烛，朝堂上的观音菩萨跪了又拜，拜了又跪。

徐恩曾站在徐老太太身后，双手反背着，眼睛不时地在人群中扫过来扫过去，专注地捕捉着漂亮女郎的身影。

徐老太太拜了佛，往"功德箱"里捐了钱，回头朝徐恩曾看了一眼，不禁有些生气："可均，还不过来拜几拜，求菩萨保佑。"

徐恩曾无奈，走过来跪下来，也朝上拜了几拜。

正在这时，庙门外传来震天般的锣鼓声，庙内的人多转过了头，带着好奇，匆匆地向外拥去。

钱壮飞顺着人流出了门外，只见一支戴着牛头马面面具的化装队伍正从庙前走过，这些演员一个个摇头晃脑，憨态可掬。另一队身着古装的演员，有的骑着马，有的挑着担，大摇大摆地走了过来。其中，扮演孙悟空的演员一路翻着跟头，又不时扮鬼脸，搔首弄耳，逗得观众哈哈大笑。

钱壮飞看了一会，正想回身找徐恩曾母子，却忽见马上的"唐僧"很是面熟。

凑近一看，天哪，这不是钱壮飞千寻万找的胡北风吗？钱壮飞急忙挤出人群，紧紧地追了上去。

钱壮飞一直跟到摄影棚，看到"唐僧"正被绑在一根木桩上，三个戴着兜肚、露出肚脐眼、扮作蜘蛛精模样的女人正妖里妖气地围着他又唱又跳——这里正在拍电影《盘丝洞》。

钱壮飞心里"咚咚"地跳，恨不得马上冲进去与胡北风相见，但剧情正处拍摄高潮，不得已只好等在一旁。

电影导演刚喊一声停，胡北风就急忙挣脱绳索，三步并作两步向钱壮飞奔过来，并急急地把钱壮飞拉到休息室。原来，他在演戏的时候就已看到钱壮飞，只是人在戏中，身不由己。

"北风，你让我找得好苦啊！"钱壮飞紧紧地握住胡北风的手，半晌才说出一句话。

胡北风也含着热泪："说来话长，我也差点上了西天。"

事情原来是这样的。

胡北风送走钱壮飞后，又掩护了两位同志先后安全撤离北京，但此时他自己却被特务盯上了。敌人可能想放长线钓大鱼，盯了他几天都没有逮捕他，可胡北风也一直无法甩掉"尾巴"南下与钱壮飞联系。

有一天，胡北风到澡堂洗澡，敌人的暗探也尾随而来，但只蹲在门外，歪着头抽烟。

胡北风洗完澡，恰好见自己的衣服旁挂着一套半新旧的军装，就灵机一动，浑水摸鱼把军装套上，大摇大摆地走了出来。

暗探蹲在门外等了好半天，仍不见胡北风出来，心里觉得有些不对头，就一甩烟蒂，破门而入，但找遍澡堂都不见胡北风人影，顿时惶惶然如丧家之犬，跌跌撞撞向门外扑去。

胡北风脱离魔掌后，随即乘火车辗转来到上海，并很快与党组织接上了关系。不久，又找了个拍电影的行当做掩护。一直以来，他也在悄悄地寻找钱壮飞，但始终没有钱壮飞的消息。

钱壮飞摇着胡北风的肩膀，急不可待地问："找到'娘舅'没有？"

胡北风微笑着点点头，轻声说："别急，'娘舅'已经找到了，三天后在城隍庙九曲桥茶馆等你。"

这时，只听外面哨声一响，电影又将开拍，胡北风匆匆地与钱壮飞告别。

钱壮飞满怀喜悦地出了摄影棚，信步来到外滩。

外滩还是原来的外滩，可今天这里的风是格外地和煦，这里的天空是格外地高爽，黄浦江的浪花似乎在跳着欢快的舞，黄浦江上拖船的汽笛也在唱着欢快的歌。

钱壮飞稍稍平静了一下激动的情绪，到花店精心挑选了一束鲜花，一缕轻风似的跑到钱夫人工作的医院。

他要和妻子一起分享这巨大的幸福。

"找到了，找到了！"钱夫人刚从医院的大门出来，就见钱壮飞挥舞着手中的鲜花，满脸通红，像孩子般欢呼雀跃。

"找到什么啦？"钱夫人一时未反应过来。

钱壮飞凑近身，附在她耳边，轻声说："找到'娘舅'了。"

"真的？！"钱夫人大叫一声，两人禁不住紧紧地抱在一起，喜极而泣。

第三天下午五时许，上海城隍庙旁，一家挂着黑底金字招牌的阁楼式茶馆里人来客往，人声鼎沸，而二楼的雅座间却只有寥寥的几个人，在悠闲地品着香茗，漫无边际地聊着天，而幽幽的灯光、深栗色的板壁、紫色的窗帘使茶室显得更加清静雅致。

在正对大门的雅座窗边，一位戴着金边眼镜、西装革履、气度不凡的壮年人，一边慢慢地喝着茶，一边不时地朝窗外眺望。此人便是钱壮飞。此时，他正按照胡北风约定的时间，在焦急地等待着"娘舅"呢。

过了一盏茶光景，胡北风风度翩翩地进了雅座：

"壮飞，你看谁来了?"

钱壮飞抬头一看，只见一位头戴黑礼帽、身着灰长衫、商人打扮的大个子正笑容可掬地从胡北风身后闪出，并伸出双手热情地走上前来。

钱壮飞兴奋地迎上去，紧紧抓住那双厚实的手。

"这是老家来的'娘舅'，李克农。"

三人坐下，胡北风轻声向钱壮飞介绍。

在当时残酷的斗争环境里，为安全计，我党地下工作者大多单线联系，一个地下党员只能认识两个联系人。自然，钱壮飞过去从未见过，甚至也没听说过李克农。但这时，他却像在外走失的孩子意外见到自己的亲人一样，欣喜地朝李克农看了又看：高大的身材，宽宽的前额，蓄着平头，给人一种宽厚、深沉、睿智的印象。

提起李克农，他也有一番曲折、惊人的斗争经历。

李克农是党内的称呼，对外则还有几个名字：泽田、峡公、种禾。他出生于安徽省巢县①。从安徽公学毕业后，曾先后任安庆《国民日报》副刊编辑、六安县政府第二科科长。一九一九年五四运动时期，还参加过爱国进步活动。一九二五年，在芜湖创办民生中学。一九二六年，秘密加入中国共产党。一九二七年大革命失败后，重新恢复民生中学，任校董事会主席。一九二八年，到上海创办《铁甲车》《老百姓报》等刊物，宣传革命，鼓舞斗志。他担任这些刊物的经理。

---

① 巢县，今巢湖市。

此时，他正是以这些刊物经理的身份为掩护，担任中共沪中区委宣传委员的职务，在中共中央特科的领导下，从事党的秘密工作。

说话间，茶博士已将几碟花生、豆腐干之类的吃食整整齐齐地放在桌上，并为三人沏上了清香扑鼻的龙井茶，然后悄悄地退了出去。

"这几年孤身在外，一定吃了不少苦吧。"李克农饱含深情地问。

"几年来我人在江湖，可心怀故土，总惦记着家里的人，就是梦里……"钱壮飞只觉得眼眶发酸、咽喉发紧，激动得几乎说不出话来。

"家里的人也一直在打听你的下落。家里人如知道我们在这里见面，不知该有多高兴呢。"

雅座间的客人渐渐多了起来，但谁也不会料到，处于白色恐怖下的中国共产党人，竟会选择这么一个宾客满座的地方接头！国民党的特务们如果知道这件事，岂不气个半死？

钱壮飞与党组织接上关系后，被编入中共法南区委法租界支部。不久，法商电车公司的中国工人进行罢工斗争，中共法南区委书记李富春布置法租界支部成立一支特别宣传队，专门负责散传单、贴标语，支援电车工人斗争。为便于秘密携带和张贴，钱壮飞设计了一种只有二指宽的小传单，在声援工人罢工的宣传斗争中发挥了积极的作用。

第六章　舍身入虎穴

一九二九年冬，钱壮飞在既定的约会时间里向李克农汇报了一个重要情况：国民党准备扩建特务系统，扩大调查室，徐恩曾要钱壮飞参加并帮助物色人员。李克农两眼一亮，敏锐地感觉到此事非同小可，当即指示钱壮飞不要轻易暴露，而他则以非常迅捷的速度向周恩来领导下的中央特科汇报了这一情报。中央特科非常重视钱壮飞所处的极其有利的地位，建议钱壮飞到金陵①，在调查室本部任职，并设法介绍李克农、胡北风到调查室所属的情报机构工作。中央特科还决定他们三人打入虎穴后，成立一个党小组，由李克农任组长，凡工作中的重大问题，由党小组讨论决定，分头执行，党小

①金陵，今南京市。

组直属中央特科领导。

实际上，打入敌人内部，进行革命斗争，是我党早就有的计划。一九二七年《中央通告》（第二十五号）明确指出："经过党支部决议，得派一两位极忠实同志到国民党党部以及某种反动机关做侦探和破坏工作。"而正是在这期间，国民党反动派的最高统帅蒋介石，对全国革命形势迅猛发展、红色区域不断扩大、我党在白区的斗争日益发展的情况，真可谓寝食不安。为了达到消灭红军、破坏白区我党组织、拔除心腹之患的罪恶目的，蒋介石亲自指派陈立夫扩大国民党中央组织部调查室。陈立夫接到指令后，首先想到的自然又是这位既是姑表亲戚，又是留美同学的徐恩曾。但他没想到，这位在他们眼里颇有管理才能的徐恩曾又一次犯了致命的错误：把掌握国民党大量机密的调查室交给中共地下党员钱壮飞具体操办。而我党正是利用这一极为难得的机会，派人打入敌人内部，在蒋介石用于对付中国共产党的反动特务组织内，建立了中国共产党的秘密情报站。

不过，话说回来，徐恩曾虽然是个浪荡成性的花花公子，但他也有自己的鬼算盘，绝不是一个可以随便糊弄的傻瓜。他从美国留学五年镀金返国后，曾先后担任南京军事委员会创立的"交通技术学校"办公厅主任、国民党中央组织部总务科科长等职务，任间出过不少鬼点子。特别是在担任科长不到一年的时间里，有几件事办得特别卖力，深得陈果夫、陈立夫兄弟的欢心。一是对于管理文书显得颇有一套办法，建立了各种制度，布置得井井有条；二是为国民党中央党部新装了一套电话总机；三是为国民党中央党部新编了一套较为复杂的密电码；四是在经营管理方面，表现得能够"合理开支，节约费用"，甚至不惜掏私囊填钱进去。更重要的是，他还不时依据对美国联邦调查局的一知半解的了解，向陈果夫、陈立夫提出些所谓改进特务活动的意见，因此，愈得二陈的赏识。

可是，徐恩曾为什么会在筹办扩大调查室的问题上一再犯致命的错误呢？这里除了徐恩曾沉湎酒色，不愿多参与具体事务外，更重要的还是由于中共地下党员的机智和勇敢。

通过几年的交往，徐恩曾对钱壮飞倍加信任，当钱壮飞向他推荐李克农、胡北风时，徐恩曾更是一口答应。他想，钱壮飞本人这么能干、可靠，他推荐的人也一定错不了。何况，有钱壮飞在本部坐镇，他也就能更方便地纵情于声色犬马之中。徐恩曾万万没有料到，这件事使他后悔了一辈子。

那一天，钱壮飞回到家，向张振华传达了中央特科的决定，他望着妻子饱经忧患的脸，迟疑了片刻，说："组织上决定你留在上海做联络员。"他观察了一下妻子的反应，小心地接着说："为了工作方便，我想把孩子们带去，叫杞夫往来上海南京之间做交通员。"杞夫是钱壮飞的女婿、钱椒的丈夫，也是中共地下党员。

张振华听后一怔："孩子还这么小……"话未说完，泪水已夺眶而出。

钱壮飞双手扳正妻子抽搐着的肩膀，亲切地说："你放心，我会照顾好孩子的。"张振华仰起泪痕未干的脸，无限深情地望着丈夫。一会儿，终于强行克制住自己的感情，默默地为钱壮飞整理行装。是啊，在党的事业需要的时候，可以献出一切，甚至献出自己的生命，还有什么理由考虑个人的安危和得失呢？

次日一早，钱壮飞肩负党的重任，带着女儿钱椒、女婿刘杞夫、儿子钱江到了国民党政府的老巢——南京。

南京位于长江下游南岸，是我国历史上的六大古都之一。自古以来，南京以优越的自然环境和旖旎的山水风光而闻名于世。作为"十朝都会"的南京，两千年间，多少次征战的烟尘从这里升起，多少次王朝的更替在这里进行；她有过歌舞升平的繁华，也有过雨打空城的冷落。"人事有代谢，过往成古今"，岁月在这里留下了烟雨楼台、柳岸河坊，也留下了遗苑陵阙、潇潇故垒……她们装点着南京，为这座石头城增添了一种特有的历史氛围，使南京成为中外闻名的旅游胜地。而自从一九二七年四月十八日，蒋介石在帝国主义的支持下，在这里成立了代表大地主大资产阶级利益的国民政府后，南京成为国民党反动政府的"国都"，也成了反动头目、流氓地痞的麇集之地。钱壮飞到这里工作，无异于生活在龙潭虎穴之中。

明知山有虎，偏向虎山行。钱壮飞不仅毫不犹豫地来了，而且一到南京就立即投入繁忙的工作之中。原来，徐恩曾走马上任后，为了表示其效忠蒋家王朝的决心，立即责成钱壮飞在南京丁家桥国民党中央党部内架设秘密电台，建立秘密指挥机关，并迅速在全国各地建立派出机构，以施展其反革命伎俩。

一九三〇年初，徐恩曾嫌丁家桥的办公地点不够保密，就把这个特务指挥中心——国民党中央组织部调查室，迁到中央路305号①中央饭店隔壁的一幢中式小楼内。

这幢小楼前面是喧闹的大街，后门却是僻静的小巷，而且房子的门面也与普通人家一般无二，对从事秘密活动十分有利。调查室迁到这里后，为了遮人耳目，在黑乎乎的大门旁钉上了一块长方形木牌，上面写着"正元实业社"五个黑字。推门进去，是一个雅致的小天井，几枝茂盛的夹竹桃在迎风摇曳。穿过客厅，是用于装门面的无线电修理室，而修理室后面则是调查室的秘密电台室、机要秘书室。如果不是身在其中，谁能相信这里就是令人闻之色变的国民党特务首脑机关。

调查室迁入新居后，徐恩曾野心勃勃，想大干一场，在老蒋面前露露脸，但怎奈迷恋酒色，一时没有女人在旁，就心神不定、坐立不安。因此，他每天只是到办公室转悠一下，处理一些必须由其处理的重大公务后，就借口要事缠身扬长而去，调查室的日常事务则放手让他的心腹助手、机要秘书钱壮飞办理。

过不多久，徐恩曾奉上峰指令，又命调查室除搜集中共情报外，还应搜集其他党派和政治势力的情报。钱壮飞、李克农等就抓住这一有利时机，根据中央特科的指示，在各地

----

① 今中山东路5号。

建立新闻通讯社，利用新闻记者的公开身份大量搜集情报。
当时，在南京中央饭店的四楼设有以钱壮飞为社长的"长江
通讯社"，在丹凤街设有"民智通讯社"，钱壮飞兼任社长、
胡北风任总编辑，钱壮飞妻弟张家晙当翻译。除此之外，还
有专为搜集东北、华北地区情报而在天津日租界设立的"长
城通讯社"，由胡北风任社长、张家晙为记者。上海则由李克
农独当一面。这样，全国各地搜集来的情报就基本上全部操
纵在我党手中了。

中央饭店旧景

调查室及各地的"通讯社"相继成立后，国民党中央党
部发给徐恩曾的机密文件、电报源源而来，徐恩曾派往汉口、
九江、安庆等地的大小特务也把搜集到的情报通过秘密电台
向这里通报。对一般情报，钱壮飞看后往往在上面盖个章就
收藏起来，而有关中国共产党、中国工农红军的情报以及蒋

介石对苏区发动的第一、第二次反革命"围剿"时所有的命令、兵力部署等重要电文，钱壮飞都及时译好，直接转给中央军委，配合红军作战，收到了很好的效果。

为了敷衍敌人，钱壮飞有时也把一些无关紧要的、过时的情报编集起来送给国民党要人。可笑的是，还不时受到国民党上层人物的赞许，徐恩曾也因之受到蒋介石、陈果夫等人的赏识。

一九三○年四月，蒋介石、冯玉祥、阎锡山军阀混战后，蒋介石希望及时搜集东北军张学良方面的情报，但过去派往东北的人，都被日本人截获，无一生还。为之，徐恩曾几次挨了训斥，回到办公室后，长吁短叹，但亦无计可施。

"徐主任，有什么事竟让您愁眉不展啊？"钱壮飞见状，微笑着递过一支香烟。

"噢，快过来。"徐恩曾见了钱壮飞，心中一转，鬼点子来了。他附在钱壮飞耳边，神秘兮兮地介绍了上峰的指令，拍拍钱壮飞的肩膀："钱先生辛劳一番，如何？"

"承蒙徐主任看重，钱某自当效劳，只是家中有儿有女，须安排一下。"

"这个自然，这个自然。"徐恩曾像做成了一笔大买卖，满脸的愁云一扫而空，弹了弹半截烟灰，打着口哨飘然而去。

钱壮飞征得中央特科同意，与陈赓、胡北风等一起拿着国民党的钱，在各地党组织的帮助下，安然到达沈阳。他们利用赴东北一星期的难得机会，以国民党最高特务机关的证件为掩护，巡视了中共中央特科在东北，乃至华北地区的工作。这次东北之行，为我党带回了许多不可多得的机密情报。

从东北回到上海后，"巡视组"在中央特科的指示下，写了一份长达四万多字的报告，由钱壮飞带回南京，面交徐恩曾，徐看后连连赞赏："了不起！了不起！"国民党高层得此重要情报，也如获至宝，对钱壮飞等人大为赞赏。当钱壮飞、李克农、胡北风三人在南京中央饭店的"长江通讯社"过组织生活，谈起这件事时，不禁露出了会心的微笑。

几个月过去了。

有一天，当钱壮飞到"民智通讯社"找李克农、胡北风时，但见李克农愁容满面，不停地来回踱步，胡北风则双眉紧锁，坐在桌旁一个劲地抽闷烟。钱壮飞心中一顿："怎么啦？出了什么事？"

胡北风叹了一口气，递过一张报纸，钱壮飞接过一看，沉痛地说："我们又失去了二十多位同志。"

"由于叛徒告密，敌人破获了我们的一个组织。我们想了不少营救办法，可就是没有确切的消息。"胡北风不停地搓着双手，焦急地说。

李克农补充说："在被捕的同志中，还有一位中央委员哪。"

钱壮飞心头一阵绞痛。他忽然想起，前天他刚刚上班，一个小特务匆匆地送上一封电报："钱先生，徐主任急电。"

钱壮飞叩开了徐恩曾的办公室，把电报交给他。

徐恩曾见是绝密电报，就装作要马上出去的样子，有意支开钱壮飞："钱先生，马上备车，我要出去一趟。"

　　钱壮飞退到门口，又回转身拿一份遗忘在徐恩曾办公桌上的文件，却见徐恩曾正从贴身口袋里掏出一个蓝色封面的小本子，一见钱壮飞返回，一时不知是放回去好，还是掏出来好，显得十分尴尬。

　　想到这里，钱壮飞缓缓地抬起头，自言自语地说："看来就是这封电报。"

　　"什么电报?"李克农、胡北风双双凑近。

　　"一封绝密电报。前天徐恩曾一接到电报就急急忙忙去中央党部，我看好像与这件事有关。"

　　"知道电报内容吗?"李克农问。

　　"不知道。这种电报历来都是徐恩曾自己翻译的，他有一本密电码。"

　　"能搞到手吗?"胡北风焦急地问。

　　"很难，这种密电码只有少数几个国民党要员才有，徐恩曾是一天二十四小时不离身，就连睡觉也带在身上的。"

　　临别时，李克农紧紧握住钱壮飞的手，语重心长地说："壮飞同志，此事关系重大，一定要设法把密电码搞到手。"钱壮飞凝视着李克农的脸，重重地点了点头："请组织放心，无论如何，我会想办法搞到密电码!"

第七章　智取密电码

搞不到这本密电码，就无法搞到国民党统治集团的核心机密。可怎样才能既不暴露身份，又能搞到密电码呢？一连几天，钱壮飞为这件事急得吃不好、睡不实。

没想到，正当钱壮飞苦于找不到机会的时候，机会却自己找上门来了。

一天，钱壮飞正在办公室处理公务，忽听大门被敲得"嘭嘭"响。他伸出头一看，只见"正元实业社"的正门已被看门人手忙脚乱地打开，五六个长得十分壮实的女人正气势汹汹地一拥而入。为首的一个三十岁上下的女人正双手叉腰，大声责问看门人："姓徐的在里边没有？"

看门人一步一步往后退："没……没有。"

"他到哪里去了？"

"我不清楚。"

"什么?"那女人柳眉倒竖,伸手一巴掌过去,"我让你不清楚。"

"可……可能在中央饭店。"看门人捂着半边脸,哆哆嗦嗦地说。

"找他去!"那女人一声呐喊,众人轰的一声拥出门去,一个个争先恐后地钻进停在门口的黑色轿车,一溜烟扬长而去。

"有戏了。"钱壮飞将手中剩了半截的香烟在烟灰缸里一下摁灭,大步跨出门,熟练地启动轿车,飞快地向中央饭店驶去。

原来,那女人不是别人,正是徐恩曾的夫人王素卿。

说来令人难以置信,徐恩曾在外面虽然如浪蝶戏花,玩女人一个接一个,可此人偏偏有个毛病,就是惧内,对凶横霸道的王素卿一向畏如虎狼,叫他往东他不敢向西,叫他杀鸭他不敢看鸡。据钱壮飞分析,徐恩曾在中央饭店与其姘妇王丽娜鬼混,如被王素卿当场捉住,肯定有好戏可看。而对钱壮飞来说,只要把握得好,则是进一步取得徐恩曾的信任,伺机取得密电码的极佳机会。

钱壮飞嘴角带着自信的微笑,驾着小车,熟门熟路,几个转弯就到了中央饭店。

果然不出所料,在中央饭店的一个豪华包间里,徐恩曾与其姘妇王丽娜正如胶似漆地在一起鬼混。此时,王丽娜云鬟蓬松、眉目含春,半依半靠在徐恩曾腿上,一边慢条斯理地梳理着头发，一边娇滴滴地说着一些逗情话，还不时地侧过头来，朝徐恩曾抛一个媚眼。徐恩曾穿着白色睡衣，一手夹着香烟，一手从王丽娜的腰部穿过，环着她细柔的腰身，两个身影贴在了一起。

徐恩曾与王丽娜正沉浸在温柔乡中难以自拔的时候，只听见"嘭"的一声，房门被猛烈地撞开，王素卿和五六个女随从像一群狮子一样冲了进来。

"啊！"王丽娜尖叫一声，下意识地往徐恩曾怀里钻。但徐恩曾一见是王素卿驾到，不禁大吃一惊，立时把王丽娜往身边一让，自己则像装了弹簧似的跳到一旁，一张小白脸涨得通红，支支吾吾说不出话来。

"快给我打，打这不要脸的臭婊子。"王素卿忘了自己是什么货色，扯着嗓子尖声叫着。众随从听见命令，一拥而上，几双手专朝王丽娜胸部、下身等见不得人的地方又揉又抓。王丽娜起先还扯着嗓子，又哭又骂，但不久就没了劲，只有低声哼哼的份了。

徐恩曾见王丽娜衣衫凌乱，胸部已被抓得血痕累累，一时方寸大乱，忍不住冲上前，挡在王丽娜身前，颤声大叫："不要打了，不要打了！"

原先，王素卿不过是想把王丽娜揍一顿了事，不承想，徐恩曾这么一挡，无异于火上浇油。王素卿见状，立时醋意大增，口里咬牙切齿地咒骂着王丽娜，两只手则拼着命地去拉徐恩曾。

正在两人相持不下的时候，突然"啪"的一声，从徐恩曾的睡衣口袋里掉出一个蓝色封面的小本子。

"密电码!"徐恩曾侧过头一看,心里"咯噔"一下,急忙伸手去捡。

王素卿一见徐恩曾脸色有异,便知这小本子有名堂,于是抢先一步拿在手中,信手翻了起来。

"快给我,不能翻。哎呀呀,不能翻,快给我。"徐恩曾急得语无伦次。

王素卿见状,更是得理不饶人,鼻孔里"哼"了一声,顺手将本子往口袋里一塞。

"太太,太太,快还给我,这是机密;不是你该看的。"

"我知道这是机密。我就是要看看你究竟有多少个机密。"原来,王素卿误以为这个小本子是徐恩曾与其姘妇们的联络本了。

真是秀才碰到兵,有理讲不清。徐恩曾无可奈何地苦笑着,心里是又急又悔:要是上峰知道这密码本公然落入他人(即使是父母妻儿)之手,他可怎么解释得清?

正在徐恩曾搓着双手团团乱转的时候,忽然看见钱壮飞满脸笑容地出现在门口,他顿时喜出望外。因为他知道,王素卿十分敬佩钱壮飞。今天,也只有钱壮飞才能平息王素卿的怒火,要回密码本,解他这个围。

徐恩曾像盼到救星一样,紧紧拉着钱壮飞的手,显得分外亲热。

钱壮飞心中有数,朝徐恩曾点点头,笑容可掬地走到王素卿跟前,亲切地说:"徐太太,什么事使您这么不开心啊?"

王素卿见是钱壮飞，真是"满腹委屈无处诉，难得碰见娘家人"。只见她狠狠地朝徐恩曾瞪了一眼："钱先生，你看看，你看看他这副德行。喏，这里还有不知多少的机密。天啊！我可怎么活呀！"王素卿一边掏出密码本让钱壮飞看，一边号啕大哭。

"徐太太，千万别生气，有话慢慢说。"钱壮飞轻声软语地劝慰着，顺手接过密码本，递给徐恩曾。

徐恩曾感激不尽地接过密码本，但立即发现，在与王素卿的拉拉扯扯中，睡衣内袋已被扯破了大半边，一时就不假思索信手将密码本放进了梳妆台的抽屉里。

"徐太太，别哭了，自己的身体要紧啊。再说，有话还不能回去说吗?"钱壮飞嘴里劝着王素卿，心里却在盘算：如何才能把密码本搞到手?

"他都不怕，我怕什么? 我就是要他名扬南京城。"王素卿嘴里这么说，脚步却在慢慢地移动，终于被劝进了钱壮飞开来的小汽车。

"钱先生，我去找秘书长，让他评评天底下有没有这个理。"王素卿虽是余怒未消，却也懂得顺势下坡，只是仍没有忘记端一端"诰命夫人"的臭架子而已。

钱壮飞淡淡一笑："哎呀，徐太太，这可使不得。自古以来，当官的哪一个不是三妻四妾? 你这么去一闹，不是明摆着让人下不了台吗?"

"这样吧，"钱壮飞看徐太太脸色不豫，话锋一转，建议道，"叫老徐请上几桌酒席，把南京、上海的亲戚都请来，让他当众给你赔罪认错，好不好？"

王素卿破涕为笑，默默地点头。

钱壮飞一踩油门，轿车疾驶而去。

当钱壮飞安顿好王素卿，再次回到中央饭店时，只见王丽娜满面怒容，正在收拾行李，执意要走，而徐恩曾则在一旁苦苦哀求："王小姐，你别走，这一次我一定给你买一套最好的别墅。"

"别恶心。"王丽娜翘着小嘴，不耐烦地说，"我还当你是大老虎呢，原来不过是只哈巴狗。"

徐恩曾半张着嘴，尴尬地立着，老半天回不上一句话来。

钱壮飞见状，心生一计：何不把王丽娜安排到上海的家中呢？钱壮飞在上海的寓所，同时也是我党地下组织的一个联络站，如果让徐恩曾这尊门神去镇着，不是更安全吗？

想到这里，钱壮飞把徐恩曾拉到一边，轻声说："这样一闹，看来王小姐在南京也实在是不能逗留了。要不，先让她回上海住到我家去，反正我太太也是一个人住。"

徐恩曾想了一想，觉得这倒是个两全其美的好计，遂点点头，一句话也不说。

王丽娜白了徐恩曾一眼，感动地对钱壮飞说："这可太让钱先生费心了。不过，你一定要老徐每星期六都到上海来。"

"一定，一定。"徐恩曾脸上又恢复了血色，不等钱壮飞开口，就满口答应。

为稳妥起见，钱壮飞还特意安排在"民智通讯社"工作的地下党员张慎先专程送王丽娜前往上海。

汽车是现成的，张慎先一到，王丽娜与保姆一行就动身了。

徐恩曾虽然依依不舍，但也无话可说，只好耷拉着脑袋，无精打采地送王丽娜下楼。

一切安排妥当后，钱壮飞返回客房，迅速走到梳妆台前，用手绢包着拉手，小心翼翼地拉开抽屉：密码本赫然呈现在眼前，仿佛通体闪耀着神秘的荧光。

钱壮飞觉得热血在突突地奔涌着。可别小看这个小本子，它关系着党的安危和多少同志的生命啊！

钱壮飞迅速地把密码本攥在手里，但又忽然想到，如果徐恩曾发现丢了密码本，必然会怀疑所有在场的人，当然也包括钱壮飞。更重要的是，他们还会更换密电码。万一这样，岂不前功尽弃了？

突然，楼梯口传来"噔噔"的脚步声，而且越来越响，越来越近了。

是取，还是舍？取，没有多大的把握，甚至还面临暴露的危险；舍，这是多么难得的机会，白白失去了，多么令人惋惜。怎么办，怎么办？钱壮飞的脑子像风车一样，飞速地思索着、权衡着。

徐恩曾"嘭"地推开房门，双眼紧紧地盯着钱壮飞。钱壮飞正镇定地从墙上取下装着王丽娜照片的镜框。

徐恩曾如释重负似的吐了一口气，小心地从抽屉里摸出密码本，迅速地装进了内衣口袋。

钱壮飞故作不解地看着徐恩曾。徐恩曾无言以对，拍了拍钱壮飞的肩膀一同下楼。此时的徐恩曾，内心确实涌出一种歉意。他觉得钱壮飞对自己仁至义尽，而自己这样猜忌他，实在惭愧得紧。

王素卿虽然大闹中央饭店，得了个全胜而归，但对此事仍不罢休。就在王丽娜被撵回上海的第二天，她就逼着徐恩曾在南京一家豪华的酒家举行了盛大的赔罪宴。这天，来自上海、南京各地的亲朋好友会聚一堂，盛况空前。

这件事对徐恩曾来说，毕竟不是什么光彩的事。那天开宴时间都快到了，而徐恩曾却仍赖在办公室里。思前虑后，迟迟不肯动身。

钱壮飞招呼完酒家的事，见徐恩曾一直没来，心中有数，就驾车来催促徐恩曾"起驾"："徐主任，酒家那边都已办妥，大家都在等你啊。"

"钱先生来得正好。"徐恩曾一见钱壮飞，喜出望外，"还是你代我去吧。"

钱壮飞连连摆手："不，不，徐夫人有言在先，此事必须徐主任亲自料理，以示主任的诚意，小弟是绝不能越俎代庖的。"

徐恩曾无可奈何地摇摇头，磨磨蹭蹭地换上外套，顺手拿起密码本，习惯性地放进口袋里。想想，又觉不妥，一时举棋不定。

"徐主任，宴会上鱼龙混杂，这种场所还是不要带去的好。"钱壮飞试探地说。

一语惊心。徐恩曾顿时醒悟过来，他想了一下，把密码本放进了抽屉里。

"也好，加上把锁，再贴上封条。"钱壮飞说完，铺上白纸，信手写好："主任，签个字吧。"

徐恩曾摸了半天也没找到钥匙。他望着钱壮飞一丝不苟的神态，大为感动，对钱壮飞说："算了，算了，我看还是把它交给你最保险了。"

"别，别，这可使不得。"钱壮飞摇着双手，假意推辞。

"别推了，就帮我这个忙吧。我们是老乡加朋友，我还信不过你吗？"

钱壮飞露出无奈的神情，说："承蒙主任信任，那我就不出门了。等你回来，完璧奉还。"说着，接过密码本。

徐恩曾出门后，钱壮飞随即回到自己的办公室里，轻轻地关好门，拉上窗帘，兴奋地打开密码本，用照相机把它全部拍了下来。然后点上一支烟，打开当日的报纸，悠然地看了起来。

深夜，徐恩曾推门进来，见钱壮飞还在等他，带着一丝歉意说："夜深了，怎么还没睡？"

"重任在身，怎敢睡呀。"钱壮飞认真地回答，边说边从抽屉里取出密码本交给徐恩曾。

徐恩曾大为感动："你办事总是这么认真，快去睡吧。"

密电码终于得到了，但如何利用它破译密电呢？

一连几天，钱壮飞反复琢磨、推敲，可仍是不得要领。接连几次到徐恩曾处观察，也没有看出什么奥妙。

"哟，我们的主任还准备考状元哪。"有一天，钱壮飞送一份电报给徐恩曾，正碰上徐恩曾埋头在翻一部厚厚的线装书，不禁与他开了一句玩笑。

"哪里，哪里，随便翻翻而已。"徐恩曾边说边合上那部书，钱壮飞看在眼里，那是本《曾文正公文集》。

从徐恩曾处回来，钱壮飞的脑子琢磨开了。怪呀，按徐恩曾的德行，哪里会有心思去研读这样的书籍呢？这里肯定有名堂。钱壮飞从外面悄悄借来《曾文正公文集》，与密码本一对照，真相大白：那本《文集》原来就是一把开启密电码的钥匙！

钱壮飞按捺不住心头的喜悦，真想高歌一曲。

第八章 六封绝密电

岁月如梭。转眼已到了一九三一年四月，南京城早已是绿波阵阵，春意融融。

四月二十五日，又是星期六。未到中午下班时间，徐恩曾就装束整齐，急着赴上海去会他的心肝姘妇王丽娜，寻求他所谓的罗曼蒂克情调去了。

"徐主任，放宽心在上海好好玩一天，星期一我开车去接你。"钱壮飞知道徐恩曾一见到王丽娜就骨松筋软，赖着不想回来，索性做个顺水人情，十分关心地说。

不承想，徐恩曾却摇摇手说："不用了，后天是老太太的生日，我还要赶回来祝寿的。噢，弟兄们最近也辛苦了，下午放半天假，大家出去踏踏青。"说着，也不等钱壮飞回答，就一溜烟去了。

经徐恩曾这么一提，钱壮飞才想起，儿子已多次央求带他出去玩玩，可一直没成行，实在是委屈了孩子。

下午，钱壮飞偕同女儿、女婿、儿子来到明孝陵。只见绿荫如盖，下面一条宽阔笔直的墓道，墓道两边一字排列着十二对巨大的石狮子、石獬豸、石骆驼、石象、石麒麟、石马。钱江欢呼雀跃地从一个石像跑到另一个石像，嘴里不停地叫着："真好玩，真好玩。"

"一涛，你知道这座陵墓是纪念谁的?"钱壮飞微笑着问，一涛是钱江的乳名。

钱江侧过头，少年老成地说："是纪念明朝皇帝的呗。"

"是啊，这是明朝开国皇帝朱元璋的陵墓。从明朝洪武年间开始，到朱元璋死后入葬，修了快三十年啊。"钱壮飞望着这座气魄宏伟的明孝陵，无限感慨地说，"这里不知耗费了多少民脂民膏!"

忽然，钱江的童声尖叫起来："爸爸，给我们拍张照片吧!"

钱壮飞抬头一看，三个孩子站在石像前，正微笑地看着他。他举起照相机，拍下了这难忘的时刻。

"爸爸，到这里来，我也给你拍一张。"钱江兴奋地叫着，要给钱壮飞拍照。钱壮飞答应了。在钱江揿动快门时，钱壮飞故意做了个怪样子——留下了珍贵的纪念。

从明孝陵出来，走不多远，就到了中山陵。

中山陵位于南京钟山（即紫金山）第二峰南麓，是中国民主革命的先行者孙中山先生的陵墓。

孙中山（一八六六——一九二五），名文，号逸仙。广东香山人。一八九二年从香港西医书院毕业后，行医于澳门、广州。早年即有志反清。一八九四年上书李鸿章，提出革新政治主张，被拒后赴檀香山组织兴中会，并几次发动武装起义，未成。一九〇五年在日本组建中国同盟会，被推举为总理，确定"驱除鞑虏，恢复中华，创立民国，平均地权"的资产阶级革命纲领。此后多次发动武装暴动，均告失败。一九一一年十月十日，武昌起义成功后，他被推举为中华民国临时大总统。一九一二年一月一日在南京建立中华民国临时政府，孙中山宣布就职。但因革命党人与袁世凯妥协，他被迫辞去临时大总统职务。同年八月，同盟会改组为国民党，他被选为理事长。一九一三年起，孙中山即主张起兵反对袁世凯暗杀宋教仁。一九一七年，他当选为大元帅，誓师北伐。后屡经失败，几至陷于绝望之中。在中国共产党和苏联共产党的帮助下，孙中山决心改组国民党。一九二四年一月，在广州召开中国国民党第一次全国代表大会，提出"联俄、联共、扶助农工"的三大政策。大会以国共两党的合作为标志，宣告了革命统一战线的建立。一九二四年十一月，他应邀北上讨论国是，提出"召开国民会议"和"废除不平等条约"两大主张，同北洋军阀作斗争。不幸于一九二五年三月十二日病逝于北京。孙中山逝世后，开始停柩于北京西山碧云寺。到一九二九年，才迁葬到南京钟山。

"爸爸，什么叫'天下为公'？"钱江拉着钱壮飞的手，指着进口处石牌坊上的字问。

钱壮飞认真地回答:"就是说,一个人活着,不能光为自己,应该为大家。"

"哇,前面的陵墓这么高呀!"钱江望着与大门高差达七十米的孙中山墓室,惊讶地叫出声来。钱壮飞等人则怀着无限崇敬的心情,登上一级级石阶。

晚上九点钟光景,钱壮飞回到"正元实业社"。一进办公室,他就看见桌子上放着三封从汉口发来的加急电报,其中两封还写着"徐恩曾亲译"字样。

"究竟发生了什么事?"钱壮飞开始警觉起来。

"钱先生,电报。"不久,报务员又送来了第四封加急电报。

钱壮飞接过一看,也是汉口来的。"一天连发四封加急电报,确实是非同小可,一定是出什么大事了。"钱壮飞心里怦怦直跳。

钱壮飞细心地拆开电报,紧张地翻译起来。

不一会,一份电文清晰映入眼帘:"中共要员顾顺章被抓捕后自首,要求即送南京,向蒋总司令面陈机密。"

钱壮飞摸出一支香烟,点上,深深地吸了一口。他简直不敢相信自己的眼睛,甚至有点怀疑这是不是敌特机关为了邀功请赏而编造的谎言。

这方面的例子以往并不少见,常常会闹出已抓到中共某某要人,甚至破获中共首脑机关,而一经查明却纯属子虚乌有。

但严峻的现实又使他不得不慎之又慎。

宁可信其有，不可信其无。何况，电报上白纸黑字，写得明白无误，上面还署有武汉行营主任何成浚的大名呢。

万一顾顺章真的叛变投敌，这可是关系到党中央安危的大事啊。

钱壮飞虽然没见过顾顺章，但他知道，顾顺章是中共中央政治局候补委员、中央特科的负责人，不仅掌握着中央机关和中央领导人的地址，而且完全了解我党的秘密工作方法。顾顺章一旦叛变，无疑是把我党的指挥、决策机关以及打入敌人内部的中共地下党员完全暴露在敌人面前。

钱壮飞不敢迟疑，马上拆开另外几封电报。

第二封密电写着："速派军舰，解送顾顺章到南京。"

第三封密电："军舰已由九江起航来汉，两日后可将顾顺章押到南京。"

钱壮飞译完电报，心急如焚：如果军舰今日起航，二十六日（星期天）就可抵达南京，蒋介石再经过一番部署，二十七日就可在上海进行大搜捕。

"必须马上把情报送给党中央，无论如何要保证党中央在二十七日前安全转移。"

机不可失，时不我待。

钱壮飞当即查阅列车时刻表。当晚十一点，还有一趟宁沪特快列车，如乘这趟车，明晨（二十六日）六时五十三分就可抵达上海。

这时，时钟已敲过十响。

钱壮飞小心地把电报原样封好，打开门才发现，外面已淅淅沥沥地下起了春雨。

钱壮飞伫立在细细密密的春雨中，耳边突然响起了李克农的声音："你这个位置很重要，来之不易。伍豪①一再嘱咐，不到万不得已，千万不能暴露。"

是啊，目前我们这些工作在特殊岗位上的同志，实际上就是我党插进敌人心脏的一把把利剑，而只要自己一走，必将前功尽弃，以后就难以打入敌人心脏，获得核心机密。何况，我在这里顾顺章是知道的，可是在电报中并没人提到我，莫非其中有诈？看来还是先叫杞夫去上海，把情报送出去！我则稳住阵脚，看一看情况。

权衡再三，钱壮飞最终来到住室，敲响了女儿的房门："杞夫，杞夫，快起来！"

听到女儿、女婿的起床声，钱壮飞跑回自己的卧室，深情地看着熟睡中的儿子，双眼涌出了泪花。

"爸爸，要出门吗？"女儿、女婿很快出来，轻声问。

钱壮飞默默点点头，就带着刘杞夫大步走出院子，迅速地钻进早就停在那里的小车。

发动机一响，汽车就箭一般地向火车站驶去。

路上，钱壮飞边握着方向盘，边把情况告诉刘杞夫，最后谆谆告诫说："杞夫，情况相当紧急，一定要在二十七日之前找到'娘舅'（李克农），万一找不到'娘舅'，就去找你岳母，让她设法找到'娘舅'，把情况及早报告中央。"

---

① 伍豪，即周恩来。

"爸爸，还是你去吧，让我留下来，你留在南京太危险了。"

钱壮飞坚定地摇了摇头，深情地说："你肩上的担子很重，这次去上海能不能完成任务，直接关系到党中央的安危。千万要记住，无论如何一定要赶在敌人的前面！"

送走刘杞夫后，钱壮飞又回到办公室坐下。他一边抽着烟，一边在担心：明天是星期天，后天又不是接头的日子，杞夫能不能找到李克农，顺利地把情报交给党中央呢？

第二天早晨，刘杞夫到了上海。经过一天的奔波，一直找不到李克农，只好去医院找岳母，张振华虽多方设法，但一时间仍没与李克农联系上。

"怎么办？"刘杞夫他们急得心头直冒烟。

好在最后关头，"娘舅"终于联系上了。张振华让刘杞夫马上回南京告诉钱壮飞。

南京。

钱壮飞与电报话务员打了个招呼，吩咐"收到急电，马上送来"。然后，回到卧室，一支接一支地抽着烟，焦急地等待着刘杞夫的电报。

"当，当，当，当"时钟敲了四下，已是二十七日（星期一）凌晨四点钟了，刘杞夫的电报还没有来，钱壮飞的心都快蹦出来了。

凌晨五点多钟，报务员送来一封发自汉口的急电，钱壮飞拆开一看，只见上面写着："徐主任的秘书钱壮飞是共党分子，请速将此人扣留。"顾顺章真的已叛变，情况太危险了。

"笃，笃，笃。"忽然有人敲门，钱壮飞忙迎上去，原来是刘杞夫回来了。

"送到没有？"钱壮飞急着问。

"已经找到'娘舅'，把情报送出去了。妈怕你着急，叫我先回来告诉你一声。"

二十七日，天刚蒙蒙亮，电报员又送来发自汉口的第六封绝密电报，钱壮飞拆开一看，本来就绷紧的心一下子提到了嗓子眼。

第九章　顾顺章叛变

身居中共中央特科要职、斗争经验十分丰富的顾顺章，怎么会轻易地落入敌人之手，并沦为可耻的叛徒的呢？话还得从头说起。

顾顺章早年也是条热血汉子。大革命时代，如火如荼的工农运动使他振奋不已，对未来美好生活的向往和憧憬使他奋不顾身地投身进去。而且，很快他便以他的英勇果断、机智善变，成为工人运动的领袖，进而被调入中央领导机关。

一九二七年三月，在周恩来的亲自领导下，上海工人发动第三次武装起义，取得了历史性的胜利，而顾顺章也在这三次工人运动中名闻上海滩。但随着职务的提高，他有些悠悠然、陶陶然，隐在内心深处的私欲也膨胀起来。他觉得革命一成功，他顾顺章就是一位开国功臣，可以高官厚禄，享享洪福了。不料蒋介石翻脸不认人，腰板一硬，就掉转枪口，发动了震惊中外的四一二反革命政变。对此，顾顺章开始时也感到无比愤怒，进行过顽强的斗争和反击，他率领的"打狗队"秘密处死了不少可耻的叛徒，令敌人闻风丧胆。

但渐渐地，顾顺章对革命的前途感到怀疑，对革命的信念开始动摇，在政治上、生活上越来越放纵自己。尽管受到周恩来多次严肃的批评和教育，但仍不以为然，甚至还在背地里写了给蒋介石的"自首状"，悄悄带在身边。

柿子开始烂了，迟早会掉下树。自然规律如此，人生、社会也往往是如此。

一九三一年四月，顾顺章受党中央之命，护送张国焘、沈泽民、陈昌浩同志去鄂豫皖建立中央分局。

临行前，周恩来反复关照："老顾，这次任务非常重要，在武汉你认识的人很多，为了党的利益和你个人的安全，你要深居简出，千万不能在公开场合露面。"

"放心吧。"顾顺章嘴里这样说，心里却不以为然。心想：真是婆婆妈妈，我顾顺章几年来出生入死，还不是活得好好的？敌人悬赏了这么多年，连我的一根毫毛也没有碰到。

周恩来盯着他看了一眼，耐心地说："细心无大错，当心一点总是好的。记住，四月二十四日前一定要赶回来。"

顾顺章点点头，走了。谁知这一走，竟引发了一起危及中共中央机关、共产国际驻沪机关的历史大事变。

原来，顾顺章完成了护送任务回到武汉时，巧遇在上海一起玩过魔术的情妇，竟置周恩来对他"完成任务后即刻回沪"的指令于不顾，在离汉口车站不远的"德明饭店"住下，并用"化广奇"的艺名和情妇一起，公然在"民众乐园"表演魔术。

这天，也就是四月二十四日，汉口"民众乐园"内演出正在进行，顾顺章与其情妇那滑稽、精彩的表演博得了观众一阵又一阵的喝彩，演出可以说是相当成功。

正当戏院里观众大声叫好的时候，大街上有个身穿灰布长衫、歪戴礼帽的人却在内心里大叫倒霉。

这个人姓尤，名崇新，原是中共汉口地方党组织的负责人，一九三一年春被国民党特务逮捕后，由于经不起特务们的威逼利诱，最终说出了中共地下活动的一些情况，成了可耻的叛徒，但调查室派遣的武汉特派员蔡孟坚对他仍不放心，继续使用其惯用的特务伎俩，强迫尤崇新做出叛变革命的具体表现，并要求尤在几天之内必须指出其所认识的共产党员。

尤崇新化装后，把帽子压得低低的，使别人不容易认出其真面目，而六七个特务打手则暗中跟随，在汉口各大马路上行走。

可是一连几天，尤崇新四处奔走也不见一个共产党员的面，眼看期限一天一天逼近，他的心里急得呀，就像是猫抓似的。

这一天，尤崇新又无精打采地出现在街上。老实说，他几乎是绝望了。

走啊走，走啊走，前面已快到"民众乐园"了。

"这里人多，或许会碰上好运气。"尤崇新想。可是，当他走到"民众乐园"的正门时，却被一张戏曲广告吸引住了。

"广告上的人不正是上海工人纠察队队长顾顺章吗?"尤崇新有点不相信自己的眼睛。

悄悄地，尤崇新溜进戏院："一点没错，果真是他——顾顺章。"

尤崇新对自己的发现欣喜若狂，迫不及待地赶到侦缉处，报告了这一惊人的消息。

"快，快，包围'民众乐园'。"国民党的大批军警、特务闻讯后纷纷出动，团团包围了"民众乐园"。

舞台上，顾顺章与那个情妇一起，表演正在兴头上。

突然，他发现舞台两侧站着不少形迹可疑的人。

"不好，一定出事了。"顾顺章毕竟是具有丰富斗争经验的人，面对意外情况，他镇静地钻进了台上那只"大变活人"的魔术柜。

女魔术师傻了：不对呀，还不到变的时候嘛，这老顾是不是演昏了？台下的观众则兴致勃勃地盯着魔术柜，期待着魔术柜里能变出什么新花样来。

哪知，左等右等总不见"活人"出来。

尤崇新等人在侧幕旁等了老半天，总不见顾顺章出来，情知有异，就带着几个人爬上台，拉开魔术柜，却只见柜内空空，哪里还有人影——顾顺章早已从暗道遁走了。

"快追，快追！他逃不远。"尤崇新连呼上当，急命手下四处搜查。

顾顺章从暗道出走后，顺梯子跑上天桥。他朝下一看，不禁倒吸了一口冷气：楼下军警林立，整个"民众乐园"已被围得水泄不通。

顾顺章心中懊悔极了。早知这样，不如听周恩来的话，要是自己不在汉口逗留，要是不在舞台上演出……唉，一切的一切都已迟了。

正当顾顺章悔恨交加时，梯子上特务们也正在一步步包抄上来，为首的尤崇新不无揶揄地说："顾先生，跟我走一趟吧。"

"可耻叛徒！"顾顺章乘其不备，突然抬起手，给尤崇新一记重重的耳光。

尤崇新退了两步，捂住半边脸，恼羞成怒地叫："给我抓起来！"

顾顺章知道自己已走投无路，长叹一声，俯首就擒。那个女魔术师也被抓了起来。

武汉行营侦缉处。

尤崇新朝着顾顺章大喊大叫，气势汹汹地逼顾顺章供出同党。

顾顺章自恃是尤的老上级，好歹也是见过世面的人，哪里把他放在眼里，露出一脸嘲弄、鄙视的神情："尤崇新，国民党这一套我见得多了，我想你应该知道自己是个什么东西。"

"来人，给我拉出去狠狠地打！"尤崇新勃然大怒。

"放肆！"

随着一声呵斥，武汉行营侦缉处副处长蔡孟坚从幕后走了出来，向手下一挥手："给顾先生倒茶。"又朝顾顺章抱抱拳："抱歉，抱歉，学生晚来了一步，让先生受惊了。"

顾顺章冷冷地看着他，鼻孔里"哼"了一声算是回答。

蔡孟坚朝顾顺章看了一眼，见他态度比较强硬，便掏出一根香烟，放在鼻子底下嗅了嗅，软中带硬地说："顾先生，我们虽然未见过面，但我知道你，你也一定知道我，一切用不着多说。要生，便说出你知道的一切；否则，只有死。"

顿了顿，蔡孟坚又接着说："是死是活，你自己好好考虑考虑。"

说完，对手下手一摆："送顾先生去休息。"

不久，顾顺章被押回原来的旅店。到旅店不久，顾顺章突然对押送他的特务提出：要马上面见蔡孟坚。

审讯室。

蔡孟坚见了顾顺章后，心里暗暗嘀咕：只隔了几个小时，这顾顺章怎么一下子变得畏畏缩缩，似乎矮了一截？

的确，顾顺章一路经过反复思考，已经死心塌地地拜倒在敌人的脚下，成了可耻的叛徒。

蔡孟坚是何等人物，两个眼珠子一转，早已心中有数。于是，正襟危坐，板起了脸，故作严厉地问："你就是顾顺章吗？"

顾顺章一愣，马上意识到：他姓蔡的无非是想压压我。心中不悦，傲然而答："我是谁你还不知道吗？"

蔡孟坚一时语塞，换了口气："听说顾先生要见卑职，不知有何见教?"

顾顺章心想,这还差不多,竟恬不知耻地说:"我有对付共产党的大计划,请你即速安排本人面见蒋总司令,我有要事面陈。"

"这分明是看不起我蔡某人嘛。"蔡孟坚满肚子不高兴,但一时又不便发作,就把这件事禀报了上峰——武汉行营主任何成浚。

四月二十五日上午,何成浚又提审了顾顺章。顾顺章为了表示叛变的诚意,就把党中央驻武汉的交通站、鄂西联县苏维埃政府及红二军团驻武汉办事处都给出卖了,致使这些机关遭到敌人的破坏,十多位同志惨遭杀害。

审讯中,顾顺章又两次提出:"请速派人把我送到南京面见蒋总司令,共商救国大计,把在上海的共产党领导周恩来等人统统抓起来。"

何成浚听后,心里高兴得发痒,一边安排军舰准备专门押送顾顺章赴南京,一边命令部下马上向南京发电,以图抢夺头功。

蔡孟坚知道何成浚抢功,心中老大不快,但官大一级压死人,真是敢怒不敢言,有苦说不出。

第二天(二十六日)早晨,蔡孟坚亲自去看顾顺章,告诉他军舰已从九江起航,明天早晨可到汉口,并让他不要着急,南京方面接到电报一定会大喜过望,专候他光临的。

谁知,顾顺章一听说"电报"两字,顿时两眼发直:

"电报?你们向南京发了电报?"

蔡孟坚见状，还以为顾顺章喜极失态，遂点了一支烟，吸了一口，悠悠然地看着他。

"唉，抓不到周恩来了。"顾顺章叹了口气，手脚发软，一屁股坐下。

蔡孟坚还不知就里："顾先生，这是什么意思？"

顾顺章有气无力地说："你们不知道，调查室秘书钱壮飞是共产党。"

蔡孟坚闻言大吃一惊，当即向何成浚做了报告。

不承想，何成浚却不以为然："堂堂调查室，混个把共党分子也没什么了不起，我发出的都是绝密电报，除了徐主任谁也看不懂。难道还能怀疑徐恩曾吗？"

说归说，何成浚毕竟不敢大意，在四月二十七日凌晨又向南京拍发密电，告知："钱壮飞是共党分子。"

这就是钱壮飞一连收到六封加急绝密电报的原因。

第十章　从容离南京

钱壮飞接过汉口发来的第六封加急密电，不敢怠慢，拆开一看，原来上面赫然写着："已找到飞机，上午可抵南京。"

情况极其危急，钱壮飞不由急出一身冷汗：从汉口到南京，蔡孟坚乘飞机只需几十分钟的时间！眼下这个历尽艰险、呕心沥血所占领的极其重要的战斗岗位，是无法再坚持下去了。

钱壮飞迅速地处理了文电和账目后，赶到"民智通讯社"，通知地下党员张慎先撤离，但没有找到人，就按原先约定的暗号，用刀在墙上挂着的地图上划了一道缝，表示情况紧急，应迅速撤离。

回到"正元实业社"，又给天津"长城通讯社"拍发了"潮病，望速返"的急电，通知胡北风、张家晚即刻撤离。

待妥善处理了这一系列工作后，钱壮飞即回到家里，查看火车时刻表。

上午十时有一趟火车到上海。

女儿、女婿也感到事态严重，赶快围了上来。

"爸爸，你快去上海吧，让我们在这里稳住徐恩曾。"刘杞夫说。

钱壮飞沉思了片刻，动情地说："看来也只能这样了，我乘这趟车到上海，有人问起，就说刚才还在这儿。这样也许还可以争取点时间。不过，你们可要受苦了。"

看着即将离别的父亲，女儿、女婿不由得流下泪来。

少顷，刘杞夫拉着钱壮飞的手，郑重地说："爸爸，党的利益高于一切，您就放心地去吧。"

"你们要好好地照顾弟弟。现在时间还早，你们先去休息，早晨照常去上班、上学，千万不能惊动敌人。"

钱壮飞开门出去，只见东边天际已现出鱼肚白。

四月二十七日清晨，徐恩曾春风满面地从上海回来。

钱壮飞迎上前，亲手把六封电报交给他："徐主任，武汉方面来的。"

"放着吧，还不是老一套，小题大做，邀功请赏呗。"徐恩曾不以为然地把电报往桌面上一放，脱去外衣，挂在身后的衣架上。然后，弹出两支香烟，一支叼在嘴里，一支抛给钱壮飞。

"徐主任，如果没有其他事，我就先走了。"钱壮飞从容地说。

"快去吧，我这里没事。"徐恩曾漫不经心地摆摆手。

"丁零零，丁零零……"钱壮飞出去不久，徐恩曾桌上的电话就急急地响了起来。

徐恩曾懒懒地提起话筒。刚"嗯"了一声，突然，屁股像装了弹簧似的，猛地弹了起来，连声说："是，是，我马上就来。"

电话是陈立夫打来的，他告诉徐恩曾："武汉抓到了一个共产党的大头目，现在已经押到南京。你快到中央党部来一趟。"

徐恩曾上了汽车，钱壮飞意识到情况异常紧急，决定马上撤离，于是迅速地登上了东去的列车。

列车响着汽笛，呼啸着朝上海方向驰去。

南京军用码头，押送顾顺章的军舰也正在靠岸。

顾顺章下了军舰，还未来得及舒口气，就被塞进一辆乌黑的小车里，急急地向国民党中央党部方向奔驰。陈立夫、徐恩曾正在等他们。

顾顺章一见徐恩曾，劈头就说："贵室的钱壮飞是共产党，速将此人扣留。如果他逃了，那就前功尽弃了。"

徐恩曾脸色顿变。

"这个，我已经有所安排，请放心，一会儿蒋总司令在官邸接见顾先生。"还是陈立夫老练，一边示意顾顺章坐下，一边为徐恩曾打圆场。

一阵寒暄后，陈立夫问起顾顺章为什么会改弦易辙时，顾顺章努力装出一种英雄气概，恬不知耻地说："过去，兄弟以为要救中国，必须同北洋军阀作斗争。民国十三年①以后，又觉得要救中国，必须先同国民党作斗争。"

说到这里，忽见徐恩曾脸色阴沉，忙改口说："近几年我亲眼看到共产党内部流弊甚多，又觉得要救中国非共产党所能为，所以我早有归顺之意。"说着，从身上掏出早几年就写好的"悔过书"递过去。

陈立夫点点头，顺手接了过来。

这时，一个秘书进来，报告陈立夫："总司令官邸来电话，请顾先生马上去。"

陈立夫对顾顺章很客气地说了声"请"，顾顺章很得意地站起来，走在前面。

陈立夫有意落在后面，低声但严厉地对徐恩曾说："把钱壮飞给我扣起来！"

在蒋介石官邸，顾顺章终于面见了当时不可一世的蒋总司令，但凭他一个阶下囚的身份，哪能跟手握军政大权的总司令商谈什么国是，只不过是在蒋介石面前站了几分钟，得到几句简短的"训示"而已。

"落水的凤凰不如鸡，下山的老虎被狗欺"，此时，顾顺章好后悔啊。但事到如今，早已断了归路，也只好横下心，一条黑道走到底了。

"正元实业社"。

徐恩曾一进门，就扑进钱壮飞的办公室，没有见到人。

---

① 民国十三年，即公元1924年。

又跑到钱壮飞家，见钱椒、刘杞夫、钱江正在吃早饭，就问："你爸爸呢？"

钱椒等人假装客气的样子，马上让座。钱江则头也没抬，说："爸爸吃完饭刚出去。"

徐恩曾一看桌上还真有一副刚吃完饭的碗筷，心中的石头终于落了地。他哪里知道，这是钱椒他们为对付他而摆的迷魂阵。

徐恩曾急忙回到自己的办公室，安排军警、特务们封锁一切交通要道，发现钱壮飞立即逮捕。

七时，电话铃又响，是陈立夫打来的，问钱壮飞抓到了没有。徐恩曾说："您放心，他刚刚还在这儿，我已封锁了整个南京城。"

徐恩曾耐着性子在办公室里左等右等，但钱壮飞始终没有出现，也没有接到抓获钱壮飞的消息。他越等心里越不安，越等越感到自己被人利用了。

"不，我要亲自抓到钱壮飞，要不，就抓住钱壮飞的女儿、女婿、儿子，用他们的鲜血为自己雪耻！"

徐恩曾又一次走进钱壮飞的办公室，想查一点有价值的东西。但只见文件柜内，文件整整齐齐一点没有动。又拉开抽屉，几本往来账本也是清清楚楚。

最后，才在办公桌的玻璃台板下发现了一封给他的信，上面写着：

"可均先生大鉴：

行色匆匆，未及面辞，尚祈见谅。政见之争，希勿罹及子女。不然，先生之秽行，一旦披露报端，悔之晚矣！"

徐恩曾掂了掂手中的纸条，觉得很重、很重。以前，他把钱壮飞视作心腹，许多秽行如贪赃枉法、剪除异己，直至寻花问柳、金屋藏娇，钱壮飞是无一不知，只要说出去一两条，自己就得脑袋搬家。

"钱壮飞啊钱壮飞，你可把我害惨了。"

思来想去，徐恩曾觉得还是先保住自己要紧，他知道共产党讲话是算数的，只要自己不加害钱壮飞的子女，他们绝不会投井下石。但钱壮飞这样一个大共产党跑了，对他的子女不抓一下，对上面也实在无法交代。他权衡了许久，终于想出了一条两全之计。

他跑到钱壮飞家里，把钱椒、刘杞夫叫到跟前，故作严峻地说："经查明，你爸爸是共党分子，上面正在缉捕他。"

钱椒装作不解的样子问："徐伯伯，我爸爸一直跟着你，怎么会是共产党呢？不会是人家冤枉他吧，你可要为我们做主啊。"

"我也自身难保了，你们还是先委屈一下吧。"徐恩曾苦笑着摇摇头，突然，他见钱江不在家，"你弟弟呢？"

刘杞夫毫无惧色："他上学去了。"

其实，当徐恩曾第一次来到钱壮飞家后，钱椒、刘杞夫就意识到自己已经无法撤离。他们早已置生死于度外，但望着小小年纪的弟弟，不禁心如刀绞，估计敌人对孩子不会注意，就让弟弟装着没事人一样，大模大样走出了正元实业社的大门。

这一切，钱椒、刘杞夫当然不会告诉徐恩曾。对一个不懂事的孩子，徐恩曾也不会放在心上。他让人将钱椒、刘杞夫带走。临出门，又将负责带人的特务小头目唤住，耳语了几句："不要为难这些孩子。"

"知道，知道。"这个特务小头目小眼睛一转，向徐恩曾献媚地说。

徐恩曾回到自己办公室，马上向陈立夫挂了个电话，向这位表兄弟陈述钱壮飞及其子女的情况，虽然免不了挨上一顿训，但毕竟是姨表亲，"打断骨头连着筋"。而且，这位陈立夫也知道，如果过于深究，不仅使徐恩曾难堪，说不定还会连累到自己。考虑再三，总算答应对刘杞夫、钱椒不予追究，关了一阵也就放了。

再说一下钱江的情况。自打从正元实业社逃出后，钱江有家归不得，只好凭着姐姐匆匆交给他的一点钱，在街头流浪。不久，钱用光了，就只好像乞儿一样，有一顿没一顿地乞讨着吃。晚上没地方睡，常常是在桥洞下、破棚子里将就着合合眼。

一段时间以后，钱江在一家戏院的海报上，得知二姐黎莉莉（因从小认一个叫黎锦晖的人为义父，故改姓黎）随明月歌剧社到南京演出。一连几天，钱江都早早地候在戏院门口，希望能见到二姐。但不知为什么，戏演了好几场，就是没有看见二姐从大门出来。有一次，钱江趁看门人不注意，混进了戏院，并在后台找到了正在卸装的二姐。

"姐姐。"见了亲人，钱江忍不住大哭起来。

"弟弟，你吃苦了。"黎莉莉见到自己疼爱的弟弟竟被折磨成这个模样，禁不住心疼地抱住他，两行热泪夺眶而出。

回到剧院的临时住宿处，黎莉莉悄悄地告诉钱江，他们的妈妈就隐蔽在上海明月歌剧社内，当一名保健医生。

第二天，黎莉莉给钱江买了去上海的车票，安排他乘火车回到了上海，找到了张振华，终于结束了孤苦无依的流浪生活。

话说回来。四月二十七日清晨，顾顺章一听钱壮飞跑了，顾不得埋怨，为自己计，当前头等大事，就是亡羊补牢。这是最后的机会了。此时，他显得异常果断、坚定："钱壮飞一定到上海报告去了。快，快！立即通知沪淞警备司令部、上海市警察局，派人封锁火车站。"

上海。

一时警笛狂鸣，各路军警纷纷出动，火车站、汽车站等各交通要道均被严密封锁。

南京。

顾顺章沉思了一下，面露喜色："对了，今天不是接头的日子，就是钱壮飞接上了头，他们也来不及转移。快，马上到上海搜查。"

上海。

李克农早已把情报直接报告了党中央，周恩来同志得知后，当机立断，采取应急措施切断了顾顺章所知的一切线索。当天晚上，中共中央机关全部安全转移。

当顾顺章带着国民党军警特务，像疯狗一样扑向中共中央机关及中央主要负责人的住宅时，只见早已人去楼空，敌人的恶毒阴谋顿时成了泡影。但顾顺章仍不死心，他又带着特务们先后破坏了上海几处来不及撤离的地下交通站，逮捕了一批地下工作人员。特别严重的是，顾顺章还供出被国民党逮捕可一直未暴露身份的恽代英同志，致其遭到反动派的杀害。

恽代英同志是一九三〇年五月在上海被捕的，因为他英勇机智，应付从容，其真实身份并未被敌人识破，只是以共产党嫌疑犯的身份被关在国民党的监狱里。

恽代英在监狱里继续进行革命活动，并通过为犯人打饭洗衣的杂役妇人传递消息，与中共中央保持联系。所以顾顺章对恽代英所用的化名、番号以及关押的监号等知之甚详。

在顾顺章说出恽代英的真相后，徐恩曾即派手下得力特务，携带一本上面刊有恽代英相片的黄埔四期同学录（恽代英是黄埔军校四期政治教官）到狱中对证。在查对证实那个共产党嫌疑犯确实是恽代英以后，徐恩曾极为高兴，当即面陈陈果夫、陈立夫，并转告蒋介石。同时，又让特务们对恽代英进行一系列的威逼利诱，企图迫其叛变革命，获得有关中共高级领导机关的各种情况。可是，恽代英始终忠贞不渝，虽经残酷刑具的百般拷讯，除承认自己是一个共产党员外，无任何供词。蒋介石恼羞成怒，下令杀害了他。

在刑场上，恽代英毫无惧容，大义凛然，高呼"中国共产党万岁""打倒国民党反动派"等口号，并引吭高唱《国际歌》，充分表现了共产党员的崇高品质。

鉴于顾顺章的叛变对党的危害极大，中共中央于一九三一年五月二十一日专门发出第二百二十三号通知，决定"永远开除顾顺章的党籍"，并号召全党同志"更加紧我们在群众中的工作，更严密我们的组织，更特别注意我们的秘密工作，更坚决地实行两条战线上的斗争，一致起来消灭中国工农群众的敌人顾顺章以及一切共产主义的叛徒"。

同年十二月一日，中华苏维埃临时中央政府人民委员会发布由毛泽东同志签署的通缉叛徒顾顺章的通缉令，指出：顾顺章已经堕落为蒋介石秘密杀人机关的要员，"与陈立夫、陈果夫、徐恩曾、杨虎等反革命凶犯同为蒋介石杀人的助手"。号召广大工农劳苦民众一致行动起来，缉拿和扑灭叛徒顾顺章。

顾顺章这个可耻的叛徒，叛变革命后加入了国民党特务组织"蓝衣社"，充当敌人破坏革命的鹰犬。但是，徐恩曾对他并不放心，暗中派亲信特务对他加以监视。在此后的几年中，顾顺章只是在徐的手下担负了训练特务的工作。

一九三四年，为了培养军统特务，加强其反共反人民的罪恶活动，戴笠得徐恩曾的同意，报请蒋介石批准，从中统借调顾顺章参加军统在南京洪公祠训练班的训练工作。从此，顾顺章与戴笠直接建立了联系。戴笠为与徐恩曾争宠，企图使顾从暂时借用变为长期使用，而顾顺章由于在中统长期郁郁不得志，也想乘机改换门庭，投靠军统。可是他没料到，投机不成，反而成了国民党特务机关派系倾轧的牺牲品。一九三六年冬天，国民党江苏省保安司令部奉命将顾顺章枪毙于镇江市。这就是顾顺章叛变革命的最后下场！

第十一章　蛟龙归大海

钱壮飞在完成保卫上海党中央的任务后，根据党组织的安排，隐蔽在上海安南路地下党员李宁超的家里。一九三一年六月，经广东汕头、潮州、大浦，进入中央苏区，被安排在南丰县康都圩红一方面军司令部卫生所做医务工作。

钱壮飞早年在北京就是学医的，现在在红军医院工作更是得心应手，并且很快就成为苏区有名的医生。

一九三一年九月，曾在中央特科工作的邓发与李克农、胡北风等人先后来到苏区。

"咳，那不是钱壮飞吗？"一天傍晚，胡北风与中央苏区一位部门负责人在细长的田埂上散步时，忽然发现远处大道上一位拎着医药箱的军人有点像钱壮飞，禁不住问。

"是的，钱医生医术高超，在苏区可是人人皆知的名医。"

那人说。

"老钱，等一下，我是胡北风！"胡北风一见果然是钱壮飞，不顾脚下路窄泥泞，一边喊，一边朝钱壮飞奔去。

"啊，是老胡。"钱壮飞回过头，见是胡北风，也忘情地奔了过来。

在大道与田埂的交叉处，两位同生共死、肝胆相照的老战友紧紧地拥抱在一起。

许久，许久，胡北风才分开身，细细地打量着钱壮飞：身着一套粗布军装，脚穿一双半旧的草鞋……完全是一个普通的红军战士的装束。

"你真行啊，转身就成了大名医啦。"胡北风风趣地说。

"嗨，'山中无老虎，猴子称大王'呗。有空吗，到我家去坐坐，已经几个月没见面了。"钱壮飞热情地邀请胡北风。

此时，那位部门负责人也已跟了上来。

"今天不去了，过几天我一定登门拜访。"

"好，一言为定。"

望着钱壮飞迈着坚定有力的步伐，精神抖擞地消失在一片晚霞之中，胡北风无限感叹地说："钱壮飞，这是一位多么好的同志啊！"

几个月后，钱壮飞奉命担任中革军委保卫局局长的职务。一九三二年六月，调任红一方面军保卫局局长。九月，兼任中国工农红军抚恤委员会委员。

一九三三年五月，钱壮飞调任中革军委总参谋部二局副局长。

"报告。"

钱壮飞刚上任没几天，就碰到了一件棘手事，这就是：在二局工作的同志，由于对机要、保卫工作的作用和意义不够理解，认为一天到晚与电报打交道，还不如上前线真刀真枪地和敌人拼杀来得有劲。于是，不少人对工作不安心，一次又一次找领导，坚决要求上前线。这不，又一位战士找上门来了。

"小鬼，怎么又绷着脸，是不是跟谁怄气了?"钱壮飞从铺满材料的桌子上抬起头。

"与你怄气呢。"

"哦?"

"首长，让我上前线吧。"

那位战士犟着头，坚决地说："我当红军就是为了打仗，消灭白狗子，报仇雪恨，这里却连枪炮声都难得听见。"

他停了一下，看了看钱壮飞的脸，见钱壮飞认真地听着，就接着恳求说："首长，还是让我去吧，我可不是怕死鬼。"

"小鬼啊，"钱壮飞拍了拍那位战士的肩膀，耐心地说，"要求上前线消灭白狗子，这种想法是对的，但机要、保卫工作也同样是为了消灭白狗子啊。"

钱壮飞站起身走到窗前，语重心长地说："上前线是直接与敌人斗，在保卫二局工作则是间接地同敌人斗，而且更复杂、更困难。革命战士应当以大局为重，以革命利益为重。你琢磨琢磨，是不是这个理?"

一席话说得这位战士心悦诚服。

由于钱壮飞对同志们的一些思想问题不是简单地进行批评，而是晓之以理，动之以情，所以，二局的同志总是愿意向他反映思想情况。

在中央苏区，钱壮飞就像蛟龙归海，如鱼得水，不仅在本职工作方面做得非常出色，而且在编剧、表演、美术等方面都展示出惊人的才华。

由于二局是一个刚刚组建的新单位，人员偏少，工作不熟，几乎每件工作都要钱壮飞带着干。他除参与电报破译工作外，主要负责情报的整理、通报工作，并分别呈送军委、总部领导同志和共产国际军事顾问李德。除此之外，他还担负着绘制敌人行动位置图和军事部署图表的任务。朱德总司令、周恩来副主席回到瑞金后，曾多次称赞他对猜译工作的用心和编制我军密码的创造发明。

一九三三年十一月，国民革命军第十九路军蒋光鼐、蔡廷锴将军联合李济深等在福建成立了中华共和国人民革命政府。我党代表张云逸就是带着钱壮飞编制的密码本，赴福建十九路军开展工作的。

工作之余，钱壮飞曾根据自己的亲身经历，编写了反映我党地下斗争内容的剧本《红色间谍》，并与李克农、胡北风同台演出。虽然当时由于条件的限制，演出时的道具相当简陋，可由于他们是自己演自己，所以演得真实、自然、生动、感人。

在此期间，钱壮飞还以达·芬奇名画《最后的晚餐》为剧名，创作了一个曾在中央苏区轰动一时的剧本：

名画《最后的晚餐》绘制前，画家要找一个世界上最美的人和最丑的人担任模特儿。画家到农村去，听到山上有个人在唱山歌，他就跟着歌声走去，原来唱歌的是一个长得非常健壮的樵夫。这个樵夫脸色红润，眼睛大大的，简直英俊极了。

"请你给我当模特儿吧，要钱给钱，要吃饭给吃饭。"画家很满意地说。

最美的人画好了，大家都觉得这个模特儿选得很不错。于是，画家又忙着找世界上最丑的人。可找呀，找呀，怎么也找不到。

有一天，画家跟人家去参观监狱，看见一个强盗，哎呀，丑恶极了！简直不堪入目。画家满意地说：

"好吧，就画他了。"

不久，最丑的人也画好了。一些画家在评论《最后的晚餐》时，几乎异口同声地提出了一个问题："为什么有的人这样美，而有的人却这样丑呢？"但当时谁也找不出一个令人信服的理由来。结果，他们去问那个当模特儿的强盗，那个强盗说："我就是从前当过模特儿的那个樵夫啊，可是这年头兵荒马乱的，没法子，只好当强盗，谁知就变成现在这个样子了。"

这个戏演出后，红军战士看了都很受感动，许多人都说："这么好的人，最后沦为丑恶的强盗，这笔账应当算到反动政府的身上！"

　　不久，钱壮飞又与戏剧家李伯钊合作，根据真人真事，创作了戏剧《为谁牺牲》，反映一个白军士兵怎样受害，后来终于投奔红军的故事。这个戏上演后，在红军中也引起了很大的反响。

　　钱壮飞的书法艺术，在中央苏区是出了名的。他的字不仅功底深厚，而且左右两手能同时运笔，令人叹为观止。他曾为瑞金红军烈士纪念塔挥毫题写了"踏着先烈的血迹奋勇向前"几个闪光大字。中央苏区《红色中华》报的刊名也出自他的手笔。

钱壮飞题写刊名的《红色中华》报

钱壮飞对漫画创作也有相当的造诣。他常常为《红星报》创作漫画，以形象、生动的比喻教育自己的同志。他创作的漫画《打狗图》，战士们印象最深刻：一个战士踩在狗的腰部，两手揪着狗尾巴，一个战士举棍猛击狗头。以此比喻：红军的守备部队和攻击部队担负的任务同样重要。这幅漫画刊出后，对后方的战士，特别是一心要到前线打仗的同志起到了很好的教育作用。

针对当时部分战士用剩饭自己养鸡而集体的鸡又常常挨饿的情况，钱壮飞在墙报上画了大小两只鸡：母鸡没粮吃，在哭；小鸡吃得饱饱的，在笑。画旁还注了一行字：只见小鸡笑，不闻母鸡哭。这幅漫画的寓意很明白，一看就知道是在批评在军队中个人养鸡不好。这样，原来私自养鸡的同志也自愿地不那么干了。

钱壮飞还是一位出色的建筑设计师，瑞金的中华苏维埃大礼堂、叶坪的炮弹形"红军烈士纪念塔"，以及为纪念红军

钱壮飞设计的中华苏维埃大礼堂

将领赵博生、黄公略设计的形似堡垒的"博生堡"和三角形的"公略亭",就连一九三四年红军总部颁发的"八一"奖章图案都是钱壮飞的杰作。

钱壮飞设计的红军烈士纪念塔

钱壮飞设计的公略亭

第十二章　血洒长征路

一九三三年九月，蒋介石在连续发动四次反革命"围剿"均告失败的情况下，狗急跳墙，纠集了一百万军队、二百多架飞机，对我中央革命根据地及邻近的湘赣、闽浙赣、鄂豫皖等根据地发动了第五次反革命"围剿"。这一次敌人吸取了前几次"围剿"的教训，改变了战术，采取了碉堡推进、步步为营的"堡垒政策"，把红军严密地包围起来。每到一处，烧杀抢掠，无恶不作。

那时候，中央苏区有红军主力八万多人，民兵、赤卫队已发展到了二十万人。但是以王明为代表的"左"倾错误领导人完全抛弃了毛泽东的军事路线，在反"围剿"开始的时候，主张全线出击，攻打敌人的坚固阵地，"御敌于国门之外"，迫使红军与优势敌人死打硬拼；当进攻受到挫折以后，他们又畏敌如虎，主张分散兵力，处处设防，节节抵御。结果，红军处处被动，处处挨打，奋战一年，不仅没有能打退敌人的"围剿"，反而只能实行战略转移。

一九三四年十月，中国工农红军第一方面军八万多人从江西瑞金、于都和福建长汀、宁化出发，开始了举世闻名的二万五千里长征。

中革军委总参谋部二局担负着保卫党中央的重任。钱壮飞与二局的同志一起，从江西瑞金梅坑出发，一路行军，一路工作。为了工作方便，二局分成两个梯队，一个前梯队，一个后梯队。有时甚至分为三个梯队，保证日夜二十四小时工作不停顿。

从中央苏区撤离时，组织上考虑到钱壮飞年龄比较大，给他安排了一匹骡子，但他却很少自己骑，经常给同志们驮行李，或是让给有病的同志骑。行军路上有人生病，他还亲自给看病，开药方。

长征途中，有个姓李的战士患了疟疾，病情一天重似一天。

"放下我吧，不要连累同志们。"那位战士再三恳求。但战士们谁也不肯放下这位在战火中冲杀出来的阶级兄弟。

消息传到钱壮飞耳朵里，他二话不说就拎着医药箱赶去了。

钱壮飞认真地检查了病人的情况，安慰了几句后，从箱里掏出了一包自己在长征途中采集来的草药，交给患病的战士。那位战士按嘱服了药后，没几天就痊愈了。

不久，钱局长的"神医"美名在整个红军队伍中传开了，来找他医病的人愈来愈多。

"首长，人家都在说你是'神医'呢。"二局的战士们告诉钱壮飞，语气里充满了自豪。

钱壮飞听后哈哈一笑："哪里来的'神医'？那是他们胡编的。"他拍了拍药箱，戏谑地说，"我现在可是个'过路郎中'啊。"

长征路上险阻重重。蒋介石在江西、湖南、广东、广西设下了四道封锁线，而红军却因"左"倾领导人采取退却中的逃跑主义，一路上带着大批笨重的辎重，既要对付穷凶极恶的敌人，又要掩护庞大的后方机关，行动缓慢，损失惨重。当经过苦战，渡过湘江时，人员已经折损过半。

形势非常危急。

钱壮飞终日与中央领导同志在一起，而且具体负责情报工作，对严峻的形势更是了如指掌，但他始终保持开朗、乐观的性格，工作起来精神抖擞，不知疲倦。一有空，还热心地为战士们讲故事，帮助他们学文化。

一个夜晚，红军在一整天的急行军后，在一个小山岗上露宿。

这天，天气特别晴朗，只见湛蓝湛蓝的天空上布满了金色的小星星。

安顿下来以后，几个战士习惯性地挤到钱壮飞身旁。

钱壮飞在详细讲解怎样辨别北斗星以及怎样看着它走路等知识后，突然转过话头，问身边的战士。

"你们知道是月亮大还是星星大？"

"月亮大。"战士们不假思索，异口同声地回答。

"真的吗？"钱壮飞微微一笑，肯定地说，"应该是星星大。因为月亮是地球的卫星，离地球最近，所以看上去大。其实，我们看到的星星有的要比月亮大几百倍、几千倍，甚至几万倍。"

"这是真的？"有几位战士搔搔头，还有几分不信。这并不奇怪，在红军队伍中，大多战士出身于贫苦农民家庭，许多人连自己的名字也未必识得全，更不用说科学知识了。

"事实上，我们看到的星星大多比地球要大许多倍。我们住的地球，不过是太阳系八大行星中的一个，还有七个行星是：金、木、水、火、土、天王、海王。"钱壮飞扳着手指，耐心地说。

此时的钱壮飞，在战士们的心目中，已经不是"神医"，更不是"首长"，而是一个道道地地的天文学教师了。

"太阳系还不算大。与银河系比起来，它不过是一粒小芝麻。而银河系在宇宙中，也不过是浩浩大军中的一个战士。"

战士们为这风趣的比喻笑起来。

"按理说，在地球以外的一些星球上也应该有生命存在，或许在科学上比我们更发达，只是现在没有联系上。"

"如果能到天上看看就好了。"几个战士发出感叹。

"是啊，我们不要被眼前的困难所吓倒，抓紧时间，好好学习，等以后消灭了反动派，劳苦大众当了家、做了主，我们就可以造出自己的登天飞机，到月亮、火星，还有其他的星星上去看看……"

夜更静了，天上的星星也更亮了。钱壮飞和战士们都沉浸在对未来美好前景的无限憧憬之中。

蒋介石的四道封锁线，没有困住英勇顽强的红军战士，反动派又在通往湘西的途中布下重兵，企图消灭红军，而"左"倾错误领导人却率领剩下的三万多红军，坚持向湘西进军。在这危急关头，毛泽东坚持主张停止去湘西，改向敌人力量薄弱的贵州。这个建议得到周恩来、张闻天、王稼祥等大部分领导同志的赞同，红军改向贵州前进。

一九三五年一月，红军强渡乌江天险，解放了贵州重镇遵义，并在遵义召开了中央政治局扩大会议。会议集中全力纠正了以博古为首的中央领导人在军事上和组织上的"左"倾错误，肯定了毛泽东的正确主张，选举他为中央政治局常委。会后，中央决定由张闻天负责全面工作，由毛泽东、周恩来、王稼祥组成三人军事小组，全权负责军事指挥。遵义会议的召开，结束了"左"倾教条主义错误在中央的统治，确立了毛泽东在中共中央和红军的领导地位，在最危急关头，挽救了党，挽救了红军，挽救了中国革命。

为了做好遵义会议的安全保卫工作，钱壮飞与二局的同志一起几天几夜未曾合眼，协助保卫局做了大量准备工作。会议期间，钱壮飞也是自始至终坚守岗位。一直到会议结束，整个红军队伍高呼"毛主席万岁"时，钱壮飞他们才长长地松了口气。

　　会议结束后，钱壮飞又随红军中央纵队四渡赤水，二占遵义。长征中，他的足迹遍及赣、粤、湘、桂、黔诸省。

　　一九三五年三月，钱壮飞被中央任命为红军总政治部副秘书长。

　　一九三五年三月二十九日，红军中央纵队经梯子岩，二渡乌江，抵达贵州金沙县时，突然被几架国民党飞机发现。飞机对着红军队伍狂轰滥炸，不少战士倒在血泊之中。

　　"隐蔽，快散开，隐蔽！"钱壮飞大声疾呼。

　　红军指战员纷纷找地方隐蔽起来。

　　……

　　国民党飞机转了几圈，见找不到目标，便悻悻地走了。

　　红军队伍迅速集结，向北转移。

　　走过十余里路后，时任中共中央政治局常委、红军总政委、中央军委副主席的周恩来同志，忽然发现钱壮飞没有跟上来，急忙派人回乌江边寻找。但找了一个星期，把方圆十来里的地方都找遍了，仍无钱壮飞的任何音讯。

　　"首长，首长，您在哪里啊！"负责寻找的红军战士哭着喊。

　　而这时，钱壮飞已什么也听不见，什么也看不见了。

　　不，他听见了，他分明听见了中国工农红军胜利的号角；他看见了，他分明看见了中国革命的旗帜在祖国的大地上高高飘扬……

　　钱壮飞同志牺牲了，他没有留下一句遗言，也没有留下什么物品，但他却留下了对党、对人民的无比热爱，对无产阶级革命事业的无限忠诚。他的英名，将与他的光辉业绩一起，永垂青史！

附　录

忆爸爸钱壮飞

钱　江

爸爸钱壮飞烈士离开我们近50个年头了。每当我看到他的照片，好像他还活着似的。他那瘦长而白皙的脸上，高高的额头、炯炯发光的眼睛、紧闭的嘴唇，经常含着一丝微笑。他的相貌在我的心里留下了深刻的印象。他一生的事迹，至今还被一些与他共事过的叔叔伯伯经常提起，说他是一名整天面对敌人的坚强战士。

记得我刚上小学时，我家住在平安里13号，那是当时北京比较阔气的西式房子了。爸爸每天出入坐的是叮叮当当的包车，这包车我们家其他人是不许坐的。家里有听差和老妈子，那是侍候客人的。当时爸爸交游很广，门口经常是车水马龙，客人来来往往，有时请客，有时赌钱。可是家里大人从来不许小孩进去看，一有客人来就把我们支到门外去，还告诉姐姐们注意附近有没有穿灰大褂的人（特务）。给我印象最深的是：表面上家里生活十分阔绰，可是我们每天吃的却是棒子面和大白菜疙瘩汤。原来，爸爸的收入只有从医院领的微薄工资，外表的排场主要是为了便于与上层人物交往，掩护党的秘密工作。家里最困难的时候连我上小学的学费都交不出，我时常是穿着露大拇指的鞋子去上学。为了减轻家庭的负担，大姐刚满16岁就出嫁了，二姐也很小就改名送到舞团去学跳舞。爸爸和家里人的生活一直很艰苦，但为了党的工作，爸爸总是以苦为乐。

　　1927年，爸爸和胡北风同志跟一个叫徐光华的人合办了一家电影公司。公司设在护国寺附近路东的一所大院里，大门口挂着一面黑旗，上面有"光华"二字。我们全家搬到那里，也都成了电影演员。利用电影公司的人来人往，更便于地下工作了。爸爸经常用不同的职业来掩护革命工作，有时候是医生，有时是美术学校的教员，有时又当小报的编辑，有时还演电影。他有很好的医术，又擅长绘画，还写得一手好书法。他的特长和职业变化，使他交游广泛，这是他从事地下工作的有利条件。就在那一年，蒋介石背叛革命，北京的形势逆转。爸爸的革命身份被敌人发觉，反动当局明令通缉他。在党组织的帮助下，爸爸只身逃到上海。不久，我们全家也陆续迁到了上海。由于生活颠沛不定，加上家庭的熏陶，我幼小的心灵已能识别共产党好国民党坏了。当时，上海的党组织被敌人破坏得很厉害，爸爸和胡北风同志到上海后，与党失去了联系。为了解决一家人的生活问题，爸爸不得不东奔西跑，做些杂事，他给上海市公用局写过黄包车的牌照，还帮挑花厂画过窗纱桌布的图案。虽然日夜操劳，还不得温饱。后来他在报纸上看到，上海开办无线电训练班，就去报名应试，结果考到了第一名，原来这个训练班是ＣＣ

头子陈立夫的亲信徐恩曾主办的。由于爸爸的才华出众，很快就引起徐恩曾的重视，加上同乡关系，在徐升任上海无线电管理局局长时，爸爸被任命为该局秘书。

在此期间，爸爸始终多方设法联系党组织。1929年11月，当他到上海一家电影公司去看胡北风同志拍戏时，在摄影棚内碰到了李克农同志。当时李克农同志是中共沪中区委的宣传委员。爸爸找到了党组织后，立刻向组织汇报了他在无线电管理局的工作情况和在徐恩曾身边所取得的一定的地位。李克农同志把上述情况通过省委向中央汇报，党中央非常重视这件事，为了便于利用这个关系，又特别让爸爸把李克农同志介绍到无线电管理局担任广播新闻编辑。从此，爸爸就和党中央的特科建立了联系。

徐恩曾被委任为国民党中央组织部总务科主任，实际是调查室主任，调查室就是国民党中央执行委员会调查统计局的前身。当时，国民党见共产党的力量十分强大，他们内部的派系斗争又十分激烈，为了巩固其统治，不得不扩大特务组织。

徐恩曾是依仗与陈立夫的亲戚关系当上主任的。他是一个留美的纨绔子弟，只知道吃喝玩乐，根本不懂什么是情报工作，不得不找人替他办事，所以，他就把扩大国民党情报组织的事告诉了我爸爸，并且求我爸爸帮助他建立各地的组织。

爸爸把这情况立即向党组织汇报了。经周恩来同志指示，决定派李克农、胡北风两位同志和我爸爸一起打入国民党的最高情报机关里去，同时派党中央特科的陈赓同志和他们联系。这样，国民党的中央调查统计局就在我们党的掌握之下建立起来了。

这时，徐恩曾更加信赖我爸爸，在工作上也完全依靠我爸爸。我们家又把前楼腾出来，给徐恩曾的一个姘头住了。从此，我们党组织开会，同志间往来，都在我们家里，即在国民党特务头子的眼皮底下活动，那真是最安全不过的了。

不久，徐恩曾调到南京，爸爸也随徐去，任他的机要秘书。从此就直接控制了国民党特务机关的最高指挥机构，并直接掌握了徐派驻全国各大中城市的调查员和报务员。

当时，我和姐姐、姐夫也都随爸爸去了南京。我们住机关，姐夫就是我爸爸和上海党组织联系的交通员。爸爸能够深入敌人的最高情报机关，一方面由于他的多才多艺，遇事机智沉着，更主要的是他对党对革命的赤胆忠心和高度的组织纪律性，所以直到他离开南京，敌人都未怀疑过他。前几年，徐恩曾用英文写了一本书，文中还提到爸爸是一个很难得的人才。

1931年，顾顺章在武汉被捕叛变。顾是我党特科负责人，所以敌人非常重视，顾顺章要求敌人立刻把他送到南京面见蒋介石，企图用他掌握的我党中央机密和名单换取他的狗命。武汉国民党的侦缉队，立即发电报给在南京的徐恩曾。那天正是星期六，这位主任大人愉快地去度周末了。只有我爸爸在值班。电报一封封地发来，都是注明要徐亲自拆译的密码，这引起我爸爸的怀疑。他想一定有重要事件发生，马上利用工作之便，用往日收藏的电报密码把电文破译出来，发现原来是一个极其恶毒的大阴谋。情况紧急，但爸爸表面上若无其事，暗中派姐夫立即坐火车回上海，把情报送给李克农同志。同时，安排在南京工作的同志赶快隐蔽，把自己手头的事情尽快处理完毕。他怕引起南京敌人的怀疑，不但自己留在南京，连我和姐姐都不让离开。直到星期一上午，徐恩曾来上班，爸爸还亲手把这些电报呈送给他。等徐自己把电报译出再找我爸爸时，已经找不到了。

党中央在得到我爸爸的报告后，立即把情报转给在上海的各中央负责同志和国际机关。当天晚上，在上海的有关部门就全部安全转移了。星期一上午，国民党出动军警搜捕，到处扑空。爸爸这次为保卫党中央所做出的卓越成绩，后来，周恩来同志见到我时，曾不止一次地提到过。敌人在这次可耻的失败后，就把我姐姐、姐夫抓了起来。这是爸爸早已料到的事。他写了一封信给徐恩曾，把国民党如何对待他们不同派系的斗争，我们党怎么从他手里得到情报，以及他私生活上的一些肮脏事情等等情况，通通指出来，并且告诉他：如果你胆敢危害我的子女，我将把这些事公之于世，恐怕到那时，你自身也很难保了。结果徐恩曾只好哑巴吃黄连，不久就把我姐姐、姐夫给放出来了。

1931年5月，党中央决定让我爸爸离开上海，去江西苏区工作。从那时起，我们就得不到爸爸的信息了。这样，我到处流浪了10年。1941年初，周恩来副主席在重庆找到了我，对我非常关心，并把我送到延安去学习。

在延安，很多老同志经常谈到我爸爸，说他到中央苏区之后，曾担任中革军委总参谋部二局副局长，负责破译敌人无线电的密码并从无线电中搜集敌人军事政治情报，为苏区建立天空侦察做出了很大的贡献。他对工作十分认真负责，待同志诚恳热情，在生活上艰苦朴素，他常常利用空闲时间给同志和老乡们看病，还组织文娱活动，自己编戏演戏。因此，深得同志们的爱戴。

1934年10月，爸爸随中央红军长征。在长征途中，他跋山涉水，夜间行军，白天坚持工作，历尽艰辛。1935年4月1日，当部队第二次南渡乌江时，他在贵州省金沙县后山乡不幸英勇牺牲，当时刚满40岁。

爸爸过早地离开了我们，使我们十分悲痛。他一生为无产阶级革命事业英勇顽强斗争的事迹，永远值得缅怀传颂；他的光辉榜样，永远激励着我们后人。

（作者系钱壮飞之子。本文原载《红旗飘飘》第23集，中国青年出版社1981年6月版，第51—56页。）

我的父亲和母亲

钱蓁蓁

我父亲是浙江湖州人，原名钱壮秋。他有许多别名，南飞、钱潮……常用壮飞，到江西苏区以后也未改，史称"钱壮飞"。

他在1914年18岁时到北京医科专门学校学外科，和我母亲张振华是同学。母亲学的是妇产科，结婚以后在克美院工作过。主要问题是两人在一起做党的地下工作，奔走南北，没有一个安定的家。

父亲沉默寡言，看上去很严肃，除了和朋友交谈，很少和孩子们说话，对儿女很少表露感情。只看到他偶尔抱一抱刚满周岁的小儿子——钱一平，不一会儿就放下，做他的工作去了。

父母在家总是很忙，有时给人看病，母亲不时出诊去接生。父亲很喜欢写字、作画、刻图章和画彩蛋。他对艺术有广泛的兴趣，非常专注，而且有创造性。印象最深的是父亲写对联不用普通的笔，而是用外科夹剪夹起一块药棉，蘸上墨汁当笔写字。那笔迹和毛笔写的不同，大家都喜欢。

父亲曾在京华艺专教授解剖学。他对医用解剖很熟悉，对美术又有研究，把这门课程教得很实用：既讲授了人体解剖的科学知识，又符合医用解剖的要求。我还看到他画的炭笔画，内容是劝不要吸鸦片烟。他画一个瘦得可怜的人在抽大烟，生动地反映了吸毒之害。这幅画在一次展览会上得了奖。

关于父亲钱壮飞烈士的事迹，我再补充一点。父亲是30年代著名的西湖博览会的设计者和操作者。西湖博览会是中国从来没有举办过的大型博览会，当时很轰动，艺术上也是极高明的。这个博览会引起了陈立夫的重视，父亲也因此博得徐恩曾的信任。父亲之所以能在国民党机密部门取得斗争的胜利，和他的艺术才能也是分不开的。他到瑞金后的戏剧活动，李伯钊的文章中曾有记述。他为瑞金设计的大会堂，没有遗留的形象资料，但在叶永烈所著《历史选择了毛泽东》第五章《艰苦岁月——红都瑞金大兴土木》篇中有论述。

那时的大茶亭，大兴土木，坐落在那里的中央大会堂，简直成了瑞金的人民大会堂。……这座大礼堂系土木结构，八角形，看上去像一顶红军八角帽，颇为别致。礼堂里开了好多窗，装上玻璃，相当明亮，在山沟沟里算是很不错的现代化建筑了。礼堂分两层，一排排长条木凳，可以坐千把人。

1933年冬，广场上一片热闹景象，一群新的建筑物正在施工。广场上最为忙碌的人是父亲。

此时，这位医科学校毕业生，居然改操新业，变成了一名建筑设计师。叶坪广场上的一群新建筑物的蓝图，全部出自这位设计师之手，而工程指挥则为梁柏台。

最引人注目的，是矗立在广场上高达13米的红军烈士纪念塔，它的造型颇为别致，塔座是五角星，塔身却是炮弹形，远远望去，像一枚正在射向蓝天的火箭。

此外，广场上还建起了砖木结构的红军检阅台、红军烈士纪念亭、公略（黄公略）亭、博生（赵博生）堡。

我的母亲张振华是安徽桐城人。桐城张家因祖上出过父子宰相，很有名望。张家兄弟姊妹有十多人，我母亲是其中的第四个。她从小被左姓亲戚抱去抚养，又因性格倔强，不肯裹脚，是当时有名的"左大脚"。

父亲把我送进中华歌舞团以后不久，因顾顺章叛变，于1931年秋天转移到江西瑞金。他化装成一个卖菜的匆匆出发。他走的是哪条路线，连母亲都不知道。她只对我说，李伯伯（克农）到我家后门，隔着窗对我母亲说，他走了。上海笼罩着白色恐怖，为避奸细注意，不允许他们两人在一起多说一句话。

父亲到瑞金后，来过三封信，信上教导我："善用艺术，足以救国；误用艺术，诱人堕落。"我一直把这些话谨记心中，作为我终身信守的座右铭。

此时，母亲在八仙桥徐重道药店隔壁和同行吴炳贞开了一个妇产科诊所。这是公开的身份，实际上一直在做党的地下交通员。白色恐怖十分严重时，她只好带着钱江到明月歌剧社隐蔽起来，名义上是团里的医务人员，实际上也是有这个需要。黎锦晖先生当然不知内情。对于他的乐于助人，我们非常感激，从此我家和黎先生建立了深厚的感情和密切的关系。

我加入联华公司当演员后，有了固定的收入。母亲除了继续为党工作，还操持家务，养祖母和钱江。我成家以后，她又照顾我的孩子，使我能安心工作。战争年代，特别是在重庆、成都坚持抗战的艰苦日子里，她承受的家务之累更重。1958年，她62岁，不幸中风，半身偏瘫，卧床不起，组织上给予一定的照顾，但她身心的痛苦，仍然是不言而喻的。

到了"文化大革命"，我一家人备受迫害，静予和我都被关进"牛棚"，子女们也都接受"革命洗礼"。

一天，我好不容易请假去看望母亲。大热天，我戴着头巾走进母亲的斗室之中，母亲怕我热，要我把头巾取下，我不肯。因为我是30年代的"黑明星"，首当其冲地被"革命派"剃了"阴阳头（把我头发从中剃光一半），我不忍母亲受到刺激。

母亲躺在床上用她那无力而颤抖的手慢慢扯下了我的头巾。母亲看见我的阴阳头，流下眼泪难过地说："这是为什么？为什么？我们革了一辈子命。为什么?!"我抱着母亲强笑地安慰她说："会好的，一切都会过去的。"

全家都在"挨斗"、"挨批"、被"横扫"之中，难有机会去侍奉老人家。

母亲的精神和体力每况愈下，终于在1967年12月17日凄惨地离开了人间。

静予得知噩耗后，请假获准由"革命派"押解去探望母亲遗体。静予进门就跪下来泣不成声地说："我对不起您，对不起……"

母亲遗体被送到了东郊火葬场。我和儿子罗丹等着女儿罗小玲从东北赶回北京后，一起到火葬场去与母亲做最后告别（当时已不准静予请假）。

我们到了火葬场，在一间空房的水泥地上见到了母亲的遗体……

我们给母亲整理好衣裳，在空屋墙上挂起自己写的"烈属钱张振华永垂不朽"横幅。我们流着悲怆的眼泪，深深地鞠着躬，和老人家永别了。

（作者系钱壮飞之女。本文节录于《行云流水篇》，中国电影出版社2001年12月版，第13—15页。）

战斗在敌人心脏的钱壮飞同志

周文琪

1927年11月，周恩来同志到达上海。他根据中央指示，首先创建了隐蔽斗争中的情报保卫机构——中央特委（亦称"特科"）。

以后，中央决定要派得力可靠的干部打到敌人内部去，直接从敌人那里获取情报。在周恩来同志直接领导下的特科，选送了机智、勇敢、忠实、可靠的李克农、钱壮飞、胡底等同志打入敌人要害部门。他们曾被周恩来同志誉为大革命失败后，在白区对敌斗争中我党情报工作的"三杰"。

这里，我们着重介绍一些有关钱壮飞同志的斗争事迹。

钱壮飞同志是浙江省湖州市人。1914年考入北京医科专门学校，1919年毕业，在北京挂牌行医，但收入微薄，很难维持生活。他一边行医，一边在一所美术学校教书，晚上还去一家小报馆担任编辑工作。由于对艺术的爱好，他还编写过电影剧本。1926年他和胡底同志（1925年入党的党员，是钱壮飞同志的好友）一起在北京光华电影公司当演员。总之，钱壮飞同志是一名多才多艺的革命战士。

社会的阅历，生活的煎熬，给了他很大的锻炼。1926年他参加中国共产党，以社会职业为掩护，写传单、贴标语，积极从事扩大党的影响的革命工作。1927年蒋介石发动四一二反革命政变时，在北京，北洋军阀也大肆屠杀共产党。

钱壮飞同志被敌人发觉，经组织报警，1927年冬由北京经天津去上海。

钱壮飞同志1928年春天到上海后，一边找可资掩护的职业，一边找党的关系。当时上海报纸上不断登有职业招考的广告。他第一次去应试给上海市公用局写人力车牌照的工作，搞了些时候就放弃了；第二次看到河南开封冯玉祥的一支部队招考军医，就又去报考并被录取。但他走到开封，因军阀克扣军饷而无法维持生活，所以只干了两个月就又回到上海。

这年中，他在报上看到一则上海无线电训练班招考的广告，就又去应试，结果得了个第一名，被录取。办这个训练班的就是后来国民党中统特务头子之一的徐恩曾。由于钱壮飞同志多才多艺，又同徐恩曾是湖州同乡关系，很快就被看中。

这年冬天，徐恩曾任上海无线电管理局局长，钱壮飞同志任无线电管理局秘书。

徐恩曾是国民党中统特务头子陈立夫的亲戚，又是陈立夫留美时的同学。

1929年春天，陈立夫当时兼任国民党建设委员会的主任，派徐恩曾去浙江杭州筹办西湖博览会，徐恩曾要钱壮飞同志帮助，并在浙江省建设厅给他挂了一个秘书职位。

钱壮飞同志为换取徐恩曾的好感和信任，工作表现"奉公守法，勤勤恳恳"，又兼他既懂美术，又写得一手好字，搞博览会可以说是得心应手。所以博览会开幕后，颇得好评，名声很大，连孔祥熙都亲自去看过。于是钱壮飞同志进一步得到徐恩曾的器重。

1929年9月博览会结束，徐恩曾回上海无线电管理局，委任钱壮飞同志为私人秘书。

1929年11月间，钱壮飞同志去胡底同志工作的上海某电影公司。在一个摄影棚里，经胡底同志介绍，和李克农同志见了面。李克农同志有长期做地下工作的丰富经验，这时是中共上海沪中区委宣传委员。钱壮飞同志除向李克农同志汇报所有情况外，并建议李克农同志到上海无线电管理局担任广播新闻编辑。李克农同志将全部情况向党中央写了报告。

中央特委发现钱壮飞同志已在国民党CC系徐恩曾身边取得了一定地位，非常重视，立即批准了钱壮飞同志的建议。1929年12月，李克农同志考入上海无线电管理局。

这时，党领导下的革命武装和红色政权蓬勃发展，党在国民党统治区的工作也得到了初步的恢复。

革命力量的迅速发展，引起蒋介石反动派极大的惊恐和不安，他们眼里的共产党已不再是"疥藓之疾"，而是"心腹之患"了。

蒋介石一方面调集力量准备对苏区发动"围剿"，另一方面在国民党统治区加紧其法西斯统治，除成立迫害政治犯的"反省院"外，还规划建立秘密特务组织。

1929年12月下旬，陈立夫任命徐恩曾为国民党中央组织部总务科主任，实际上做调查室主任，让他把这一罪恶计划付诸实施。徐恩曾把这一计划的内容告诉了钱壮飞同志。

当钱壮飞同志把这一情况向李克农同志汇报后，李克农同志立即向党中央作了报告。周恩来同志亲自过问，指示把这个特务机关"拿过来"为我们所用。于是决定派李克农、钱壮飞、胡底同志打入敌人秘密特务组织，由周恩来同志亲自领导，并先后派陈寿昌（后在湘鄂赣苏区牺牲）、陈赓等同志与他们联系。

1930年初，南京中山东路中央饭店隔壁一幢两层小洋房的门口，挂出了一块"正元实业社"的招牌。这里实际上就是徐恩曾秉承陈立夫的旨意，以"正元实业社"为幌子，进行反革命活动的总的秘密特务机构。其具体事务由徐恩曾的机要秘书钱壮飞同志掌握，凡国民党中央要徐恩曾看的文电，以及从下面各地发给徐恩曾的情报都通过他来处理。

此外，陈立夫、徐恩曾等还建立公开的"通讯社"来广泛收集各党派的情报，特别是反蒋反陈派系的情报。他们的总机构是"长江通讯社"，南京有"民智通讯社"（设在南京丹凤街），天津有"长城新闻社"（1930年冬设立，在天津原日本租界秋山街5号），这些机构都控制在我党手里。

当时，上海无线电管理局有李克农同志，南京"正元实业社""长江通讯社"有钱壮飞同志，南京"民智通讯社"和后来的天津"长城通讯社"有胡底同志。他们三人组成一个党小组，李克农同志是组长，经常往返于京沪之间指导工作。

1931年4月，中央特科的顾顺章在武汉被捕，旋即叛变。逮捕顾顺章的机构是陈立夫、徐恩曾在武汉绥靖公署何成浚处建立起来的一个特务组织，跟踪逮捕者是属于该特务组织的我党叛徒尤崇新。

顾顺章被捕是在1931年4月24日（星期五）晚上。他被捕叛变后，即提出要见武汉绥靖公署主任何成浚，先把我党在武汉的组织供了出来，接着何成浚和特务机关给徐恩曾、陈立夫拍了电报。

4月25日（星期六），这一夜钱壮飞同志接连收到六封电报，电报上指明要徐恩曾亲译。当时密电码掌握在钱壮飞同志手上（密码本是经过许多办法在事前得到的）。

钱壮飞同志拆译后，何成浚的三个电报内容如下：第一个电报说：顾顺章被捕已自首，并要求立即送往南京见蒋介石，面告中共首脑及所有要害机关的住址；第二个电报说：要用军舰解送顾顺章；第三个电报说：要用飞机解送，并说不要让徐恩曾左右的人知道。

当钱壮飞看到有"亲译"字样，就马上意识到这是最核心的机密，一定有重大事件发生。这天恰好徐恩曾已回上海度周末去了，不在家。钱壮飞同志感到事关重大，极为沉着，不动声色：一方面立即派他的女婿刘杞夫同志（秘密交通员）到上海找李克农同志；一方面急速处理手头的文件，并乘机到"民智通讯社"通知他安置在那里的一个同志，但没有见到。他拿起桌上的一张地图，用刀子在中间划了一条缝，暗示已经"破裂"。

第二天（4月26日星期日）清晨，钱壮飞同志将密电交给徐恩曾，然后从容地乘沪宁火车到达上海。到上海后，又按预定暗号，给天津的胡底同志发出"潮重病，速返"的电文（"潮"是钱壮飞同志的别名）。

当李克农同志接到钱壮飞同志十万火急的情报后，立即设法与党中央联系。因这天不是和党中央交通员接头的时间，李克农同志以高度负责的精神，千方百计找到江苏省委，通过省委终于找到了中央特科的陈赓同志，并很快报告了周恩来同志。这时已经是4月27日（星期一）了。

由于顾顺章在被捕前是中央政治局委员、党的情报保卫机关（中央特科）的具体工作负责人，他的叛变对党中央各机关和中央领导同志的安全造成极大的威胁，形势异常紧急。在这千钧一发的情况下，周恩来同志挑起了全面负责处理这一事变的重担。他在陈云等同志的协助下，以惊人的机智果断，抢在敌人袭击党中央机关之前，采取了一系列妥善有效的措施，将顾顺章所能知道的一切线索立即切断，党中央机关全部在当天晚上搬了家，并隐蔽了起来。

就在周恩来同志部署这一切的同一天，即4月27日，敌特用军舰将顾顺章解送到南京。蒋介石连夜派特务赶到上海，会同英、法租界捕房，阴谋用顾顺章提供的线索对我党发动突然袭击，但他们的如意算盘落空了。

党中央对同志们的安全非常关心。钱壮飞同志到上海后，党派陈赓同志把他安置在一位同志家里，从安全到生活加以无微不至的关怀和照顾，对他的家属也作了妥善的安置。这时，国民党反动派到处缉拿钱壮飞同志，他成为敌人迫害的主要对象，而徐恩曾手下的爪牙又都认识他。

钱壮飞同志在白区无法活动下去了。1931年8月，党组织将他送到中央革命根据地瑞金，李克农、胡底两个同志也先后到达苏区。

钱壮飞同志到苏区后，党派他在中革军委总参谋部二局任副局长，专做通讯工作。

由于他多才多艺，在红军中不但组织且带头开展文化娱乐工作，还经常同李克农、胡底等同志自己编导、自己演出活报剧和双簧，以丰富的政治内容和生动活泼的艺术形式，宣传党的主张和政策，揭露国民党的反动面目，从而提高红军战士的政治觉悟。

他工作认真负责，生活艰苦朴素，密切联系群众，受到同志们的爱戴。

1934年10月，中央红军离开革命根据地，开始二万五千里长征，钱壮飞同志在长征途中第二次渡乌江时壮烈牺牲。他为党为人民所建立的不朽业绩，将永远为全党所称颂和纪念。

（原载《党史研究》1980年第2期）

顾顺章的叛变投敌和钱壮飞保卫中央的功绩

谭宗级

顾顺章，原名凤鸣，又名蔡明、张华，上海吴淞人，曾任我党六届中央政治局委员、中央特科负责人。

1931年3月间，中央派顾顺章从上海护送张国焘、陈昌浩到鄂豫皖苏区工作，同行的还有中央特科的陈莲生。后来顾顺章化名"化广奇"，在汉口登台表演魔术。

4月24日，他在马路上被叛徒尤崇新看见，尤暗示同行的特务侦察队跟踪，一直跟到怡园旁的世界旅馆，将顾顺章和陈莲生一起逮捕。

顺顾章被捕后，立即向敌人屈膝投降，无耻地对国民党特务说："我去年就在找机会，愿意转变。"他提出要见国民党武汉绥靖公署主任何成浚。

25日拂晓，何成浚亲自提审顾顺章。顾供出了我党在武汉的地下交通机关——鄂西联县苏维埃政府和红二军武汉办事处，使机关全部被敌人破获，10多位同志惨遭杀害。

顾顺章干了这一叛变勾当后，还要求见蒋介石，妄图出卖和破坏我党在上海的中央机关。

当天，在武汉的国民党特务连续6次密电南京中统特务头子徐恩曾。电报送到南京中统特务总部时，刚好是星期六，徐恩曾到外面嫖女人去了。

电文落到担任徐恩曾的机要秘书、我党打入敌特内部工作的钱壮飞同志手里。钱壮飞同志即将电文译出，得知顾顺章被捕叛变，阴谋破坏党中央，情势十分紧急。

钱壮飞同志不顾自己的安危，毅然派他的女婿刘杞夫乘火车连夜赶到上海，向李克农同志报警。

周恩来同志闻讯后，为了保卫中央的安全，当机立断，立即采取紧急措施，把中央秘密机关全部搬走，并改变活动方法，使党的组织转危为安。

4月27日，国民党特务用军舰将顾顺章押解到南京，蒋介石立即亲自接见。顾顺章除了出卖已经被关在监狱的恽代英同志外，还把我党中央负责人周恩来、瞿秋白、李维汉等同志在上海的住址一一告知敌人。

蒋介石欣喜若狂，迅速派出大批特务赶到上海，进行搜捕。由于我党早有戒备，敌人搜捕处处扑空，蒋介石妄图一网打尽我党地下组织的罪恶阴谋被彻底粉碎了。

1931年9月，国民党特务机关因阴谋败露，恼羞成怒，公然下令悬赏通缉周恩来同志。

同年11月，又以顾顺章的名义在上海的一些报纸上刊登悬赏缉拿周恩来同志的紧急启事，并于1932年2月在上海《时报》《新闻报》《申报》等报上刊出伪造的所谓《伍豪等脱离共党启事》，大肆污蔑攻击我党。

鉴于顾顺章的叛变对党的危害极大，中央于1931年5月21日专门发出第223号通知。通知指出，顾顺章是最可耻的叛徒，中央决定永远开除他的党籍，并号召全党同志加紧群众工作，严密组织，特别注意秘密工作，一致起来消灭中国工农群众的敌人顾顺章以及一切共产主义的叛徒。

12月1日，中华苏维埃临时中央政府人民委员会还发布了由毛泽东同志签署的为通缉叛徒顾顺章的通令。通令列举了顾顺章叛变革命的种种罪行，指出顾顺章已经堕落为蒋介石秘密杀人机关的要员，"与陈立夫、陈果夫、徐恩曾、杨虎等反革命凶犯同为蒋介石杀人的助手"。通令还揭露了顾顺章"破坏中共及其负责者在群众中的信仰"的阴谋诡计，号召广大工农劳苦民众一致行动起来缉拿和扑灭叛徒顾顺章。

顾顺章叛变后加入了国民党蓝衣社，充当敌人破坏革命、残害同志的鹰犬。

由于他在国民党特务机关内的派系倾轧中，遭到特务头子陈立夫的忌恨，后来被枪毙了。这就是顾顺章叛变投敌的可耻下场！

钱壮飞同志于1931年撤回中央苏区，后来踏上万里长征的征途，参加了遵义会议的保卫工作。1935年4月1日，在贵州省全沙县后山乡光荣牺牲。

钱壮飞同志舍生忘死、勇敢机智地保卫党中央的卓越功绩，周恩来同志一直铭记在心，十分关怀他的一家。钱壮飞牺牲后，他的爱人和两个孩子颠沛流离，艰苦备尝。周恩来同志千方百计地打听他们的下落，费尽周折，终于把他们找到了。周恩来同志对钱壮飞同志的遗孤——钱江弟兄关怀备至，视如已出，亲自抚养，后把他们送往延安培养教育。

在党和周恩来同志的精心抚育下，钱江同志早已成为光荣的共产党员、我国电影界知名的导演，钱壮飞烈士可谓后继有人。

（原载《党史资料丛刊》1980年第3期）

战斗在敌人心脏的钱壮飞

陈　祝

钱壮飞烈士，又名潮，浙江湖州市人。他和李克农、胡底同志一起，机智勇敢地战斗在敌人心脏，出色完成革命任务，曾被周恩来同志誉为白区情报工作战线上的"三杰"。

钱壮飞同志于1926年加入中国共产党，在北京以行医、美术教师、报馆编辑等职业为掩护，从事党的秘密工作。四一二反革命政变事件后，北京反动当局捕杀共产党人，他被敌人发觉，经党组织报警，于1927年冬离开北京，经天津、开封辗转到上海，一方面寻找职业掩护，一方面找党组织联系。

1928年夏，国民党中统特务头子徐恩曾在上海开办无线电训练班。钱壮飞应试成绩优异，名列第一被录取。同年冬天，徐恩曾当上海无线电管理局局长。钱壮飞多才多艺，善于结交朋友，又是徐的湖州同乡，深受信任，被委任为无线电管理局秘书。

1929年冬，陈立夫扩大特务组织，成立"党务调查科"，委任徐恩曾当主任。钱壮飞同志被徐委任为机要秘书，并主持日常工作。这时，钱壮飞已与党组织取得联系。根据周恩来同志"把它拿过来"的指示，党又派遣李克农、胡底同志先后打入国民党的这个最高特务组织。他们三人成立了一个党小组，由中共中央特科直接领导。随后，他们又在南京、上海、天津建立了通讯机构，分头工作，相互联系，自上而下控制了敌人的特务组织，为我所用。

1931年4月，参加中央特科工作的中央政治局委员顾顺章在武汉被捕叛变。这个无耻叛徒出卖了我党在汉口的地下组织，接着又求见蒋介石，要当面密告在上海党中央机关、江苏省委和中央负责同志的秘密地址，企图彻底破坏在上海的我党组织和逮捕我负责同志。为此，武汉的国民党特务向南京中统特务总部一连发了六封特急绝密电报，可都落到了钱壮飞同志手里。钱壮飞同志星夜报告了党中央。周恩来同志在陈云、陈赓同志的协助下，抢在敌人前头采取了应急措施，粉碎了敌人和叛徒勾结的破坏阴谋，胜利地保卫了党中央。

1931年8月，钱壮飞同志根据党的指示，离开上海转移到江西瑞金中央苏区，任中革军委总参谋部二局副局长，一直在周恩来同志身边搞机要工作。1934年10月，钱壮飞随红军长征。1935年4月1日在贵州金沙县后山乡附近壮烈牺牲，时年40岁。

（原载《浙江日报》1982年7月26日）

红军戏剧活动家钱壮飞

陶　阳

钱壮飞同志是苏区红军的文艺开拓者之一，是红军中有名的戏剧家、画家和书法家。1935年3月，担任红军总政治部副秘书长的钱壮飞，在随红军主力第二次渡过乌江后，途经贵州金沙县后山乡一带时，不幸壮烈牺牲，时年40岁。

钱壮飞早期从事白区地下工作，曾打入敌人内部，担任国民党中统特务头子徐恩曾的机要秘书。在截获叛徒顾顺章投敌告密的绝密电报后，他不顾个人安危，及时将情况报告给党中央，为党中央领导同志和机关的安全转移做出了重大贡献，受到了党中央的赞扬。他与李克农、胡底被周恩来同志誉为白区对敌斗争中我党情报工作的"三杰"。

钱壮飞是位博学多才的红军艺术家。他学过美术，字写得很好，曾设计过中华苏维埃中央政府大礼堂，瑞金叶坪的红军烈士纪念塔、博生堡、公略亭等。他的设计不仅内涵丰富，而且造型别致，具有很高的艺术性。如红军烈士纪念塔被设计成一个炮弹形，博生堡是堡垒形，公略亭是三角形，像个"公"字。他还经常为《红星报》和俱乐部的墙画漫画。

他画的漫画构思新颖，针对性强，很有教育意义，深受同志们的喜爱。比如，红军当时生活相当困难，为了改善生活，领导号召大家养鸡。钱壮飞看到有的人只顾养个人的鸡，不养公家的鸡，他就画了一幅《只见小鸡笑，哪管大鸡哭》的漫画。画面上一只母鸡没粮吃，在伤心地哭；一只小鸡吃得很饱，在高兴地笑。大家一看就知道是批评那些只顾养个人的小鸡、不管养公家大鸡的人。于是，原来只顾养个人小鸡的人都自己不养了。钱壮飞不仅画画得好，字写得也漂亮，而且左手右手都能写。红军机关的一些重要会议的会标和标语都让他写，中央苏区报纸《红色中华》的报头也是他写的。

钱壮飞青年时代参加过左翼文艺运动，对戏剧有浓厚的兴趣。他曾和一位朋友办了一个电影公司，编导过一部叫《燕山侠隐》的影片。1933年，钱壮飞担任中革军委总参谋部二局副局长时，积极带领和组织大家开展文化娱乐活动，经常与李克农、胡底等同志编导和演出话剧、活报剧等，以丰富的政治内容和生动活泼的艺术形式，宣传党的主张和政策，揭露国民党的反动面目，提高红军战士的政治觉悟。钱壮飞自编、自导、自演的剧目很多，中央苏区一些重大的纪念庆祝活动，几乎都有他参加演出的剧目，并以善演蒋介石为人们称道。

他与李克农、胡底根据自身的经历编写的四幕话剧《红色间谍》（又名《松鼠》）曾轰动一时。该剧在人物塑造和细节刻画上都很有特色，使一个很严肃的题材以轻松活泼的喜剧形式表现出来，突出了"侦探灵活如松鼠"的主题。他与李伯钊、胡底等人参加演出的大型历史剧《我——红军》，是当时苏区的保留剧目之一。该剧反映了我英勇的红军在中国共产党的正确领导下，粉碎敌人的第四次"围剿"，在东黄陂附近苏区的工农劳苦群众及赤色游击队的配合下，坚决而快捷地消灭敌军五十二师、十一师、五十九师，活捉了敌军长的这一重大胜利。李伯钊在剧中饰小妹，胡底饰靖卫团总，钱壮飞饰反动师长。

由于有他们几位苏区戏剧明星的表演，演出场场爆满，观众赞不绝口。当时的《红色中华》发表评论："大型话剧《我——红军》的成功，无疑开创了苏区文化教育的新纪录。"可以说，这是苏区文化与工农大众艺术的开端。钱壮飞还亲自创作了表现黑暗社会毁灭了真善美的话剧《最后的晚餐》。该剧在瑞金召开的全苏第一届工农兵代表大会上演出，受到了中央领导同志的好评。此外，钱壮飞还积极参与红军剧团的领导和组织工作，为红军培养了一批文艺骨干，他被同志们誉为"红色戏剧活动家"。

（原载《人民日报》1996年10月29日）

后 记

这部烈士传记作品是20世纪90年代，应浙江省教委、浙江省教育研究会之约而写的。在写作过程中，得到过许多领导的关心和支持，钱壮飞之子、北京电影制片厂导演钱江同志，不仅为本书提供了很多珍贵的资料，还寄来了在病榻上题写的墨宝。遗憾的是，书稿写成并通过审查后却被告知，因其他地市的书稿没有完成，所以让湖州市教委自己付印。

应该说，当时的湖州市教委及其负责人是很负责任的，曾经一次性印了一万多册，并作为中小学爱国主义教育和乡土教育的重要教材。当地的几个主要小学，甚至在学生毕业前，都要写读后体会。

转眼几十年过去了，没想到2021年上半年，湖州市保密局同志带来了浙江省保密局让我填写的授权委托书，说这本书将作为浙江省保密系统向中央保密办、国家保密局申报评奖的项目，由此勾起了正式出版的想法。随后几个月，一直没有消息，以为评不上，也就放下了。谁知9月初，突然喜从天降，得知此书居然荣获一等奖，浙江省社科联又将此书列入委托项目资助出版，并得到浙江文艺出版社社长虞文军的热切关心。于是，此书的出版事宜就水到渠成、瓜熟蒂落了。另外，本书在写作过程中，曾参考了《金陵之夜》《壮飞凌云谱春秋》等文献资料，在此一并致谢。

2021 年 10 月 1 日